LES

EAUX DE VERSAILLES

HISTOIRE, DISTRIBUTION ET CONSOMMATION EN 1880

Par le Dr REMILLY

MÉDECIN DE L'HÔPITAL CIVIL

LA QUALITÉ

DES EAUX DE VERSAILLES

EN 1879 ET 1880.

PAR MM.

GÉRARDIN
Docteur ès Sciences
Agrégé de l'Université.

GAVIN
Inspecteur
du service des Eaux de Versailles.

REMILLY
Médecin de l'Hôpital civil de Versailles.

VERSAILLES

IMPRIMERIE DE E. AUBERT

6, avenue de Sceaux

1882

LES

EAUX DE VERSAILLES

EXTRAIT DES

Mémoires de la Société des Sciences naturelles et médicales

DE SEINE-ET-OISE.

LES

EAUX DE VERSAILLES

HISTOIRE, DISTRIBUTION ET CONSOMMATION EN 1880

Par le Dr REMILLY

MÉDECIN DE L'HÔPITAL CIVIL.

LA QUALITÉ

DES EAUX DE VERSAILLES

EN 1879 ET 1880.

PAR MM.

GÉRARDIN
Docteur ès Sciences
Agrégé de l'Université.

GAVIN
Inspecteur
du service des Eaux de Versailles.

REMILLY
Médecin de l'Hôpital civil de Versailles.

VERSAILLES

IMPRIMERIE DE E. AUBERT

6, avenue de Sceaux

1882

LES

EAUX DE VERSAILLES

HISTOIRE

DISTRIBUTION ET CONSOMMATION EN 1880

Par le docteur REMILLY

MÉDECIN DE L'HÔPITAL CIVIL.

Introduction.

On parle souvent des différents systèmes hydrauliques qui alimentent Versailles et des divers moyens mis en usage pour fournir de l'eau à la ville, à son parc et à son palais. Cependant ces divers systèmes semblent peu connus, car on méconnaît souvent les services qu'ils rendent et les avantages que Versailles en retire, ainsi que la population suburbaine, et jusqu'à certains villages déjà éloignés de nous.

On paraît ignorer parfois la quantité d'eau que les différents systèmes sont capables de fournir; on formule souvent des plaintes sur la qualité des eaux qu'ils donnent, sans que cette qualité paraisse préjudiciable à la santé publique, sans qu'elle semble influer sur la salubrité exceptionnelle de la contrée.

Une nouvelle étude des eaux de Versailles peut donc être utile, dans un moment où divers projets se heurtent, où l'avenir pourrait être compromis par un présent inconscient qui porterait atteinte au passé, c'est-à-dire aux résultats obtenus par beaucoup d'efforts, de sacrifices, et de génie.

1

N'est-il pas étrange, en effet, d'entendre des Versaillais se plaindre, parce que la ville, depuis sa fondation, a été tributaire des diverses listes civiles, parce qu'elle est aujourd'hui sous la tutelle de l'Etat propriétaire des systèmes hydrauliques qui nous alimentent. Mais c'est à cette tutelle que la ville doit l'aménagement de ses eaux, qui excite l'admiration de ceux qui le connaissent; cet aménagement a fertilisé toute une contrée autrefois couverte de forêts et de bas-fonds marécageux, et le sol retournerait à son état primitif si le système hydraulique des étangs venait à disparaître. Ces plaintes ne sont-elles pas singulières, quand on songe que tous ces systèmes hydrauliques ont été établis à grands frais, sans que la ville ait jamais fourni le moindre capital; alors que la plupart des villes de France s'imposent de lourds sacrifices pour se procurer l'eau qui leur est nécessaire. Si l'on ajoute que depuis Louis XIV jusqu'à Louis XVI, l'eau a toujours été fournie gratuitement à la ville et gracieusement aux particuliers, il faut reconnaître que les plaintes dont nous parlons témoignent d'une inqualifiable ingratitude. Il est vrai de dire qu'au commencement de ce siècle on trouva ce cadeau excessif, parce que la liste civile s'imposait de lourdes charges pour reconstituer alors les divers systèmes hydrauliques compromis par la Révolution; aussi des concessions furent d'abord établies avec une redevance annuelle de 35 francs par an pour un mètre cube d'eau par jour; plus tard ce prix fut élevé à 70 francs pour les eaux d'étangs et à 110 francs pour les eaux de Seine; enfin, en 1874, il fût à 100 francs, prix unique pour les deux sortes d'eau, afin d'équilibrer le budget du service. Heureusement encore qu'il n'y eût alors ni capital à amortir, ni intérêts à fournir, la dernière machine hydraulique de Marly dont nous jouissons, ayant été payée par la dernière liste civile impériale.

On a plusieurs fois exprimé le regret de ne pas voir la ville propriétaire des eaux des sources de Chèvreloup, de Rocquencourt et des Fonds-Maréchaux, qui bordent le pied des côteaux de la forêt de Marly et du bois des Hubies; sans songer que c'est le domaine qui a capté ces sources qui lui ont toujours appartenu, que ces eaux de sources n'ont pour Versailles qu'une bien faible importance, car leur produit est à la consommation générale comme 1 est à 80; et, depuis dix ans, l'administration des eaux, c'est-à-dire l'Etat, dépense 3,000 à 4,000 francs par an sans obtenir de résultats vraiment importants. Nous verrons qu'il faudrait beaucoup de temps et d'argent pour doubler peut-être le rendement de ces sources dont l'eau devrait être élevée par une machine pour être distribuée efficacement dans les habitations.

Il ne faut pas se plaindre de la situation subordonnée dans laquelle se trouve la ville, parce que cette situation a été et est toujours à son avantage. Quand l'Etat administre lui-même, il est porté à agir paternellement, ce qui n'existerait pas si le service était confié à une compagnie qui serait surtout guidée par ses intérêts. Il ne faut pas non plus trouver excessifs les prix réclamés pour les concessions publiques ou privées, si l'on songe que l'eau distribuée à Paris, à 80 mètres de hauteur, se vend 160 francs par an pour un mètre cube délivré par jour, tandis que la même quantité d'eau distribuée à Versailles, à 156 mètres de hauteur, est servie aux particuliers moyennant une redevance annuelle de 100 francs, et aux services publics pour

54 francs. La situation de la ville est des plus favorisées, car si elle paie à prix réduit environ 3,000 francs pour 107,066 mètres cubes, elle reçoit de l'Etat gratuitement 379,149 mètres cubes pour ses services publics, plus le jeu des grandes Eaux du Parc qui attire chaque fois de si nombreux visiteurs. Il est important d'ajouter que la ville et les habitants peuvent réclamer aux divers systèmes hydrauliques autant d'eau qu'ils le jugeront utile, ces systèmes étant capables de les satisfaire. Les statistiques disent encore qu'à Versailles la quantité d'eau distribuée est de 180 litres par jour et par personne, ce qui range la ville parmi les villes de France les plus favorisées, car on admet généralement après les travaux considérables exécutés à Paris, que le chiffre total des eaux distribuées est de 150 litres par jour et par habitant.

Il y a donc intérêt à voir comment les divers systèmes hydrauliques de Versailles ont été créés et quelles transformations ils ont subies, à faire connaître l'état dans lequel ils se trouvent, et à préciser la distribution et la consommation des eaux dans Versailles.

C'est ce travail que nous publions. Il résulte de l'analyse des documents que nous possédons ou qu'il nous a été possible de consulter, et de tous les renseignements qu'a bien voulu nous donner le Service des Eaux, avec une bienveillance dont nous ne saurions trop le remercier.

I. — Création des Eaux de Versailles.

Sous Louis XIII, il existait deux étangs à Versailles : l'un au nord, le plus considérable, était l'étang de Clagny, dont la chaussée bordait la rue actuelle de Maurepas et qui s'étendait du pied de la rue des Réservoirs jusque sur l'emplacement de la gare de la rive droite; l'autre, au sud, recouvrait le terrain qu'occupe aujourd'hui le potager. Le trop-plein de ces deux étangs venait s'écouler au-dessous des jardins du château, dans un marais où prenait naissance un ruisseau nommé déjà le rû de Gally.

Jusqu'en 1670, l'étang de Clagny suffit seul à l'alimentation du château et du parc. C'était sur la célèbre grotte de Thétis élevée sur l'emplacement actuel du vestibule de la chapelle, que se trouvait le réservoir général des eaux du parc servi par la Pompe ou Tour d'eau, à laquelle la rue de la Pompe doit encore son nom, laquelle s'alimentait dans l'étang de Clagny. Ce réservoir ne fut détruit qu'en 1686 et remplacé par le château d'eau et les réservoirs de l'aile du Nord ou de l'Opéra qui existent encore. De 1664 à 1688, on trouve dans le relevé des registres des bâtiments du roi, que les pompes, les aqueducs et les rigoles destinés à augmenter le rendement de l'étang, en y ajoutant les conduites de fer et de plomb pour la distribution des eaux, absorbèrent une somme de 5,608,659 livres.

Mais à mesure que les besoins du château, des jardins et de la ville naissante augmentaient, l'étang de Clagny devenait insuffisant; aussi songea-t-on d'abord à établir, près de l'endroit où l'eau commençait à se perdre dans le rû de Gally, une pompe mue par un moulin à vent, afin de la reprendre et de la ramener dans l'étang de Clagny. De 1670 à 1678, pour le fonctionnement de ce système hydraulique, toujours d'après les registres des bâtiments du roi, on dépensa 275,309 livres.

Cependant cela n'augmentait pas suffisamment la

masse d'eau; aussi, dès 1671, on eut l'idée de faire une digue au bas de la butte de la Minière, de façon à retenir les eaux de la Bièvre et à former là un étang dans lequel on pût puiser largement: c'était l'étang du Val qui se trouvait au fond de la vallée, à droite de la route qui du moulin du Val monte à Guyancourt. Cinq pompes, mises en mouvement par des moulins à vent, versaient leur eau dans trois réservoirs placés sur la butte de Satory; ceux-ci communiquaient avec le réservoir de la Grotte par une conduite en fonte qui suivait l'avenue de la pièce d'eau des Suisses dite avenue de Louis XIV. L'étang du Val, l'établissement et l'entretien des pompes mues par les moulins à vent, les réservoirs Satory coûtèrent de 1671 à 1678 : 399,064 livres. Les coteaux environnants couverts de moulins à vent donnaient alors à Versailles l'aspect d'une ville hollandaise, qu'on retrouve sur les anciennes estampes.

Mais tout cela était loin de suffire aux besoins sans cesse croissants du palais, du parc et de la ville. Aussi des nivellements furent faits par l'abbé Picart, célèbre par ses mesures de la terre et membre de l'Académie des sciences; ils montrèrent que les plaines de Trappes et de Bois-d'Arcy étaient à cinq mètres au-dessus du réservoir de la Grotte. Les eaux de ces deux plaines s'écoulaient par deux gorges assez étroites qu'on pouvait fermer, c'était le moyen d'obtenir deux étangs d'une assez grande étendue. Ces nivellements répétés par l'abbé Picart et son collègue Rœmer de l'Académie des sciences, ayant confirmé les premiers résultats, les travaux furent exécutés en partie par le régiment suisse de Crespy. De 1677 à 1680, ils coûtèrent 307,797 livres pour l'étang de Trappes, 260,118 livres pour l'étang de Bois-d'Arcy; et de 1677 à 1681, 260,656 livres pour l'aqueduc qui conduisit les eaux de ces deux étangs à Versailles, en passant sous le plateau de Satory, pour aboutir au carré de Trappes qui se trouve encore au-dessus des réservoirs du Parc-aux-Cerfs ou de Gobert. — C'est en 1679 que les eaux de ce système hydraulique arrivèrent dans le réservoir de la Grotte, en présence du roi, de l'abbé Picart, de Rœmer et de Francine. Après 55 minutes d'attente, les eaux des nouveaux étangs se précipitèrent avec abondance sous leurs pieds, et le roi ne put retenir ses plus vives exclamations de satisfaction.

Les travaux exécutés sur les plateaux sud de Versailles donnèrent l'idée d'appliquer le même système aux plateaux nord. On ramassa les eaux par des rigoles et des conduites et on les réunit sur deux points, dans le réservoir de Louveciennes et dans celui de Jardy ou du Clos-Toutain. De 1678 à 1681, le réservoir de Louveciennes coûta 430,419 livres et celui du Clos-Toutain 439,873 livres. L'eau de ces réservoirs était amenée par un aqueduc appelé la petite ligne, dans le réservoir de Bel-Air, qui se déversait à son tour dans celui de Rocquencourt. De 1679 à 1684, ces deux derniers réservoirs coûtèrent 103,845 livres. Enfin du réservoir de Rocquencourt l'eau se rendait dans celui de Chèvreloup, près de Trianon, auquel le système hydraulique du nord servit principalement. Ce dernier réservoir, de 1679 à 1681, coûta 123,971 livres.

C'est pendant l'exécution de ces travaux, vers 1678, qu'un habile sourcier, nommé Le Jongleur, signala à Colbert plusieurs sources abondantes au bord de la forêt de Marly, près de Rocquencourt; eaux bonnes à boire, ce qui était pour la ville et le château une précieuse découverte. Aussi l'abbé Picart, sur les ordres de Colbert, s'empressa-t-il de faire des nivellements. Il trouva que ces eaux pouvaient arriver au rez-de-chaussée du château. On perça la plaine dite du Trou-d'Enfer à 28 mètres de profondeur, on fit un aqueduc de 3,400 mètres pour amener l'eau au pied du château et aux fontaines de la ville. C'est en 1680 que ce système spécial commença à fonctionner, en même temps que le système des étangs du sud et du nord. De 1678 à 1685, il absorba 578,741 livres. Presque à la même époque, en 1679, de nombreuses sources furent encore captées par un aqueduc serpentant au pied du coteau de Saint-Cyr et qui existe encore. Déjà une partie de ces eaux avait été dirigée et réunie dans un bassin dit de Choisy, parce qu'il avait été creusé sur l'emplacement du petit village de Choisy-aux-Bœufs qui avait disparu pour faire place à la ménagerie royale, que ce bassin alimentait spécialement. Ce système hydraulique de Saint-Cyr de 1679 à 1681, absorba 108,255 livres. Les eaux de la ménagerie royale avant ces travaux, c'est-à-dire de 1664 à 1677, avaient déjà coûté 45,301 livres.

Mais ce ne fut pas tout. Colbert ayant appris qu'un ingénieur Liégeois, Arnold de Ville, venait d'établir dans son pays une machine hydraulique qui élevait l'eau à une grande hauteur, il le manda de la part du roi, en 1675, ainsi qu'un habile charpentier de Liège, Rennequin-Sualem, qui avait construit sa machine; et peu après commencèrent les travaux de la machine de Marly qui devait élever l'eau de la Seine dans les réservoirs des Deux-Portes destinés d'abord à alimenter le château de Marly, et utilisés ensuite pour conduire, par l'aqueduc de Beau-Regard, l'eau de la machine de Marly à Versailles. Cette machine fut composée en l'honneur de Louis XIV, de 14 roues hydrauliques de 12 mètres chacune, mettant en mouvement 221 pompes aspirantes et foulantes qui montaient l'eau de la Seine successivement dans deux réservoirs superposés, placés le long de la côte de Louveciennes. Du réservoir supérieur cette eau était élevée jusqu'au sommet de la tour de l'aqueduc de Marly. On peut juger du bruit que devaient produire toutes ces roues, ces pompes et ces chaînes continuellement en mouvement, la nuit surtout, le long de la côte de Louveciennes. De l'aqueduc de Marly, et par une conduite en siphon, l'eau passait dans les réservoirs des Deux-Portes, et souterrainement, du regard du Jongleur, elle arrivait dans le réservoir de Picardie par un aqueduc de 6,385 mètres de longueur. De la butte de Picardie, un mur ou aqueduc de Montreuil, qui avait 1,056 mètres de longueur sur 30 mètres de hauteur, et qui fut remplacé plus tard par un siphon, conduisait les eaux de Seine dans les réservoirs de Montbauron. Tous ces travaux durèrent cinq ans, de 1680 à 1685, et Colbert mourut sans voir l'eau de la Seine arriver à Versailles. Les résultats n'atteignirent pas toutes les espérances qu'on avait fondées sur cette gigantesque entreprise; néanmoins le roi, satisfait de la persévérance et des efforts de l'ingénieur de Ville, le félicita publiquement et lui donna une gratification de 100,000 livres, en le nommant gouverneur de la machine de Marly, avec 12,000 livres de pension; il lui fit encore construire à Louveciennes une habitation qui devint plus tard le séjour de Mme Dubarry. De 1681 à 1688, le relevé des dépenses des bâtiments du roi, s'élève à 3,761,550 livres pour la machine de Marly, les réservoirs du Trou-d'Enfer et des Deux-Portes et pour l'aqueduc qui se termine au réservoir de Picardie. Ce réservoir et l'aqueduc ou gros mur de Montreuil coûtèrent 600,000 livres, et les réservoirs Montbauron 285,000.

En 1681, pendant l'exécution des travaux de la machine de Marly; après la création au sud de Versailles, des étangs de Trappes et de Bois-d'Arcy; au nord, des réservoirs de Louveciennes, des Etangs secs et du Clos-Toutain, qui communiquaient par la petite ligne avec le réservoir de Chèvreloup, un ingénieur nommé Gobert, auteur d'un traité sur les forces mouvantes, proposa à Colbert de niveler, sur vingt-cinq lieues d'étendue, les plaines du sud-est. On reconnut qu'elles étaient plus basses que la plaine de Trappes et capables de fournir un système d'étangs inférieurs à ceux de Trappes et de Bois-d'Arcy, mais assez élevés pour alimenter les réservoirs de l'aile du nord du château. Aussi 4,000 ouvriers furent bientôt employés à remuer les terres et à creuser les rigoles et les étangs du Pré-Clos, de Trou-Salé, d'Orsigny et de Saclay, avec la retenue de Villiers. Toutes ces eaux, amenées à Buc, traversèrent d'abord la vallée en siphon; mais quelques années plus tard Vauban construisit l'aqueduc qui existe encore et dont l'élévation est de 22 à 23 mètres. Colbert mourut trois semaines avant que l'eau de ce nouveau système hydraulique fût amenée aux réservoirs du Parc-aux-Cerfs, que nous nommons aujourd'hui les réservoirs de Gobert, lesquels sont à 13 mètres au-dessous du carré de Trappes, arrivée des eaux du système supérieur des étangs. De là, par des conduits, l'eau aboutit dans le réservoir de la Grotte qui ne tarda pas à être remplacé par les réservoirs de l'Aile ou de l'Opéra. — L'achat des terres pour les rigoles de Saclay, en 1681, s'éleva à 218,692 livres, et le système des étangs de Saclay, de 1682 à 1685, absorba 1,594,269 livres. Ce système inférieur des étangs rend encore aujourd'hui de grands services à Versailles, ainsi que le système supérieur.

Cependant, malgré ces travaux si nombreux, si ingénieux et si dispendieux, le rêve de Louis XIV n'était pas accompli : ce qu'il voulait à Versailles, c'était un cours d'eau, une rivière. Déjà, vers 1670, on avait été sur le point de creuser un canal, sur la proposition du célèbre Riquet, pour amener à Versailles les eaux de la Loire ; mais à la suite d'observations échangées entre Riquet et l'abbé Picart, qui inventa à cette occasion le niveau à bulle d'air et à lunette, ce projet avait été abandonné. De son côté, Francine avait proposé de faire venir à Versailles la rivière de Juine ; mais l'abbé Picart avait encore démontré que l'étang du Grand-Vau, situé sur les bords de la forêt d'Orléans, qui donnait naissance à cette rivière, était de 12 mètres plus bas que le rez-de-chaussée du château. Louvois venait de succéder à Colbert, qu'il avait desservi auprès de Louis XIV ; pour justifier ses critiques, le nouveau surintendant fit remarquer au roi, vers 1683, l'élévation constante des terrains de Versailles à Maintenon et la rapidité du cours de l'Eure ; puis il fit faire par Lahire, de l'Académie des sciences, des nivellements qui établirent que la superficie de la rivière d'Eure à Pontgouin se trouvait être à 81 pieds au-dessus du réservoir de la Grotte. Cette nouvelle, dit Fontenelle, « fut très agréablement reçue du ministre et du roi, on voyait déjà les eaux d'Eure arriver à Versailles ». Sur les instances de Lahire, un second nivellement fut fait, en 1685, par Cassini, Sedileau, Lahire et la plupart des membres de l'Académie des sciences ; il ne différa du premier que d'un pied ou deux, et Louvois chargea alors Vauban de l'exécution du projet d'amener l'Eure à Versailles. On fit d'abord élever à la tête du canal projeté une immense retenue en pierres de taille pour accumuler en ce lieu les eaux de l'Eure et pour les diriger abondamment et à volonté dans le canal; cette retenue en pierre existe encore aujourd'hui. Trente mille hommes furent réunis à Maintenon; un premier canal, de 44 kilomètres, fut commencé entre Pontgouin et Maintenon, et entièrement terminé jusqu'à Berchères. Il avait 12 mètres de large sur 3 mètres de profondeur. Le plan de Vauban consistait alors à faire un véritable canal navigable jusqu'à Versailles; celui-ci devait s'élever à 99 mètres au-dessus du vallon de Maintenon, sur un aqueduc de 5,920 mètres, tantôt à un seul rang d'arcades, tantôt à deux, tantôt à trois rangs, suivant la disposition du terrain. Mais ce superbe projet, qui entraînait à d'énormes dépenses, fut ensuite modifié par Vauban; on ne songea plus qu'à traverser en siphon le vallon de Berchères à Théléville, puis la vallée de Maintenon à l'aide de conduits de fer, et à parcourir ainsi un espace de 41,200 mètres. Les maladies qui se développèrent dans les chantiers et la guerre qui survint par la ligue d'Augsbourg, firent suspendre tous ces gigantesques travaux. De 1685 à 1688, les dépenses de cette entreprise, qui rappelle les tentatives audacieuses réalisées jadis par les Romains, relevées sur les registres des bâtiments du roi, s'élèvent à 22,107,601 livres, représentant, d'après M. Pierre Clément, 110,538,005 francs de notre monnaie actuelle. Somme énorme, qui s'explique par la difficulté même des travaux à exécuter. Ainsi, Vauban, pour construire son aqueduc, tirait les pierres d'Epernon et la chaux de Germonval; et pour les amener de ces deux endroits à Maintenon, qui était à plus de 12 kilomètres, il avait fait construire des canaux existant encore en partie dans le parc de Maintenon, qui appartient aujourd'hui à la famille de Noailles. Pourquoi maintenant ces travaux, en plein cours d'exécution et déjà fort avancés, n'ont-ils jamais été repris? C'est qu'en 1704, par des lettres patentes enregistrées au Parlement, Louis XIV abandonna définitivement le projet de conduire à Versailles la rivière d'Eure, et donna à Mme de Maintenon la propriété du fond des terres ayant servi aux travaux, comme indemnité d'un canal navigable et flottable qu'elle devait établir de Chartres à Bonneval, afin de faire communiquer le Loir et l'Eure. Sous Louis XV, un arrêt, enregistré avec peine à la Cour des comptes, donna à Maurice de Noailles, qui avait épousé Mlle d'Aubigné, nièce de Mme de Maintenon, la propriété de l'aqueduc et les matériaux relatifs à la rivière d'Eure qui se trouvaient dans sa seigneurie; et peu à peu les riverains s'emparèrent des terrains abandonnés et des ouvrages à leur proximité; c'est ainsi que le canal de Pontgouin à Berchères fut planté de bois, comblé, labouré, et que rien ne reste de ces immenses travaux que les ruines de l'aqueduc de Maintenon.

Cependant, dans le plan de Vauban, comme l'Eure une fois sortie de l'aqueduc de Maintenon devait couler dans un canal encore nommé *le lit de rivière*, jusqu'aux étangs de Trappes et de Bois-d'Arcy, et comme l'Eure pouvait ne pas fournir en tous temps la même quantité d'eau, sur tout le parcours de ce canal, on forma, par des digues et des levées, aux plis de terrain les plus favorables, depuis l'étang de la Tour jusqu'à celui de Trappes, de grandes retenues pour obtenir un écoulement constant. De là la création des rigoles, des aqueducs et des étangs du Perray, de Saint-Hubert et du Mesnil-Saint-Denis, qui forment encore aujourd'hui *le système supérieur des étangs*, en y joignant l'étang de la Tour à une extrémité, et l'étang de Trappes à l'autre. C'est ce système hydraulique supérieur qui communique avec les réservoirs de Montbauron et de Gobert, desquels partent les eaux distribuées à la ville. Le château d'eau situé à l'angle de la place d'Armes et de la rue du Peintre-Lebrun, là où est le Service des Eaux, et les réservoirs de l'aile, devinrent les deux sources du parc, quand le réservoir de la Grotte disparut en 1686.

Tels ont été les divers systèmes hydrauliques successivement créés par Louis XIV, pour alimenter le château, le parc et la ville. Le temps a simplifié cet héritage, qui, pour sa création, n'a pas absorbé moins de 37,509,121 livres représentant aujourd'hui bien près de deux cents millions de francs, d'après les estimations de M. Eckard et de M. Pierre Clément, qui se sont spécialement occupés de cette évaluation au cours actuel. Si l'on songe aux sommes absorbées par l'entretien et les réparations de ces divers systèmes hydrauliques pendant deux siècles, on peut se faire une idée de la valeur qu'ils représentent. Il est intéressant de savoir les résultats qu'ils donnent et les services qu'ils rendent après les transformations qu'ils ont subies.

II. — Modifications et transformations des divers systèmes hydrauliques.

L'existence même de Versailles doit être considérée comme dépendant du Service des Eaux, aujourd'hui à la charge de l'Etat, propriétaire du domaine de Versailles. Jamais on n'a contesté cette situation exceptionnelle de la ville; et, dans les moments les plus difficiles, des citoyens dévoués sont toujours parvenus à faire triompher ses droits. Aussi est-il étrange d'entendre dire aujourd'hui qu'il y aurait intérêt à transformer cette situation, à modifier ou à détruire telle ou telle partie des services qui nous alimentent. Il pourrait en résulter un dommage irrémédiable pour la cité et pour le domaine de Versailles. Insistons donc sur la situation particulière de la ville, à laquelle l'Etat doit la quantité d'eau nécessaire à ses besoins.

Ne faut-il pas reconnaître d'abord qu'en construisant le château et en fondant la ville pour en faire sa principale habitation et le siège du gouvernement, Louis XIV a créé une grande et belle cité qui n'aurait jamais pris naissance, si le fondateur n'eût trouvé le moyen de l'alimenter d'une quantité d'eau suffisante? C'est pour cela que furent créés les divers systèmes hydrauliques dont l'exécution étonne, malgré les réductions et les dégradations qu'ils ont subies. La jouissance de ces divers systèmes, ou de tous autres, pour l'alimentation de Versailles est donc un droit acquis à la ville depuis sa fondation; ils sont la condition de sa formation et de son existence même. La royauté reconnut tellement ce droit que, depuis Louis XIV jusqu'à Louis XVI, l'eau fut toujours fournie gratuitement à la ville et gracieusement aux particuliers.

Sous la Révolution, à peine la ville eut-elle perdu le siège du gouvernement qu'elle tomba dans une décadence et un dénûment complets, conséquences de la situation exceptionnelle faite par Louis XIV. L'Etat exploita lui-même le domaine de Versailles jusque-là demeuré à titre d'usufruit dans le domaine de la couronne; et, en 1792, il passa sous la régie provisoire de l'administration générale des domaines nationaux. Il en résulta que ce domaine fut compris parmi ceux qu'on mit en vente en février 1793 pour augmenter le gage disponible de diverses créations d'assignats. Mais on s'aperçut bientôt qu'en agissant ainsi, on attaquait l'existence même de la ville et du château de Versailles; aussi, par un décret du 17 juillet 1793, la Convention déclara que le château serait consacré à un établissement public national; et, par deux autres décrets des 16 floréal an II et 20 prairial an III, elle ordonna la conservation des maisons et jardins, en chargeant son comité d'instruction publique de lui faire un rapport sur les moyens d'utiliser les bâtiments du palais. De leur côté, les représentants Delacroix et Musset, en mission dans le département de Seine-et-Oise, rejetèrent plusieurs demandes en concessions d'étangs, déclarant qu'aucun des objets concourant à l'alimentation de Versailles ne serait désormais desséché ou aliéné, et leur rapport fut approuvé par la Convention. Il est vrai qu'un peu plus tard, après la loi du 28 nivôse an IV portant création de 2 milliards 400 millions de mandats territoriaux, avec faculté et droit aux porteurs de soumissionner tous les biens nationaux, une nuée de spéculateurs fondit de nouveau sur le domaine de Versailles, et que presque tous les étangs furent soumissionnés. Mais des réclamations s'élevèrent de toutes parts; malgré elles, l'étang d'Orsigny fut adjugé, et plusieurs autres allaient subir le même sort, quand un arrêté des consuls, du 29 prairial an IX, décida « que les étangs et rigoles continueraient « à faire partie du domaine public *inaliénable*, et ne

« pourraient dans aucun cas passer dans la main des « particuliers; que les détenteurs des portions de ter- « rains sur lesquels étaient établis lesdits étangs et « rigoles seraient tenus de les abandonner dans le délai « de trois mois, sauf les indemnités qui pourraient leur « être légalement dues. Aussi les ventes qui avaient « été faites de l'étang d'Orsigny et de quelques autres « furent-elles annulées, avec indemnité aux adjudica- « taires. » Donc, aux époques les plus difficiles, l'existence de Versailles a été considérée comme dépendant de ses divers systèmes hydrauliques, ceux-ci étant inaliénables, et appartenant à l'Etat propriétaire du domaine de Versailles.

Mais il faut ajouter que le défaut ou l'insuffisance d'entretien, que des ventes contre tout droit ont désorganisé, sous la Révolution, nos divers systèmes hydrauliques. Ainsi l'Etat a vendu à son profit l'étang de Villaroy, l'étang de Louveciennes, les deux étangs des Gressets ou étangs secs, les deux réservoirs du Chesnay, l'étang de Marotte, et, dans la ville, deux des réservoirs Montbauron. Il a presque annulé le rendement des eaux de sources en vendant encore les étangs de Glatigny et des Fonds-Maréchaux, le réservoir de Rocquencourt et celui de Porchefontaine. Il est vrai que dans des temps meilleurs, on s'est efforcé de reconstituer le domaine des eaux de Versailles, de l'améliorer et de rendre à chaque partie ce qu'elle avait perdu. Cependant ces améliorations ne furent pas dues à l'Etat désireux de reconnaître des dommages dont il était responsable, mais aux diverses listes civiles royales ou impériales, ainsi qu'au tarif des concessions auxquelles les eaux ont été livrées aux particuliers.

Ainsi, le 4 brumaire an X, le prix du mètre cube

d'eau par jour a été fixé à 19 fr. 50 c. par an, pour les eaux de source et de rivière, et à 13 fr. 80 c. pour les eaux d'étangs. En octobre 1816, les prix de concessions s'élevèrent à 62 fr. 80 c. pour les eaux de source, à 50 fr. pour les eaux de Seine, et à 35 francs pour les eaux d'étangs. En 1837, les bases des tarifs furent de 120 fr. pour les eaux de source, de 110 francs pour les eaux de Seine, et de 70 francs pour les eaux d'étangs. A partir du 1er janvier 1871, toutes les concessions particulières furent ramenées au prix uniforme de 70 francs; qui fut élevé brusquement à 100 francs par an pour les concessions inférieures à 5 mètres cubes, à 80 francs pour les concessions d'au moins 5 mètres cubes, et à 70 francs pour les concessions atteignant 10 mètres cubes par jour; et cela, parce que l'Etat redevenu propriétaire ne crut pas devoir favoriser la ville de Versailles plus qu'une autre ville, et chercha à équilibrer le budget du Service des Eaux qui se soldait en déficit. C'est à partir du 1er janvier 1875 que cette décision fut prise par une commission nommée par le ministre des travaux publics à la demande de l'Assemblée nationale; ce qui n'a pas rétabli l'équilibre parce que l'Etat n'a pas pris de décisions relativement à certains services gratuits. Cette année (1880) les concessions annuelles ont été fractionnées pour inviter le public à en user plus commodément, ainsi 125 litres par jour coûtent 24 francs par an; 250 litres, 36 francs; 500 litres, 56 fr.; 750 litres, 80 francs; et 1,000 litres, 100 francs.

Grâce aux améliorations réalisées, la situation actuelle est encore avantageuse, quand on songe, par exemple, que la nouvelle machine de Marly, qui a coûté plus de 2,000,000 de fr., a été payée exclusivement par la dernière liste civile impériale, et qu'elle uffirait seule aux besoins de Versailles, sans l'infection de la Seine par les égouts de Paris. Le système des étangs supérieurs au sud-ouest, et le système des étangs inférieurs au sud, fonctionnent bien. Le rendement des eaux de source a diminué, et le système des étangs du nord a disparu. Pour ces résultats acquis, il n'y a pas de capital à amortir, d'intérêts à payer, quand tant de villes s'imposent de lourds sacrifices pour obtenir des avantages moindres. Ainsi, Saint-Germain vient de dépenser 750,000 francs pour améliorer son système d'approvisionnement, et c'est par centaines de millions qu'on doit chiffrer les dépenses de la ville de Paris pour augmenter ses eaux d'alimentation.

Aujourd'hui, l'administration des eaux de Versailles approvisionne non-seulement la ville, le palais, le parc et les Trianons, mais encore Saint-Cloud et son parc, Villeneuve-l'Etang et Marly, en tout dix communes et les camps et défenses renfermés dans le périmètre formé par ces localités. Le service de Meudon, complètement indépendant de celui de Versailles, est régi par la même administration; il est alimenté par des rigoles, des aqueducs et des étangs analogues aux nôtres, et il est complété par une machine à vapeur de dix chevaux de force.

En résumé, à Versailles, le service des eaux dispose de trois espèces d'eau :

1° Les eaux de Seine, puisées à Marly par la nouvelle machine hydraulique due à M. Dufrayer, qui les monte d'un seul jet dans les réservoirs des Deux-Portes situés à 354 mètres de l'aqueduc de Marly devenu inutile. De là, elles coulent à Versailles, dans un aqueduc qui aboutit au filtre, puis au réservoir de Picardie, lequel les transmet par un siphon aux réservoirs de Montbauron, point central de distribution.

2° Les eaux d'étangs, c'est-à-dire les eaux pluviales qui sont recueillies à la surface du sol par un double système supérieur et inférieur de rigoles, d'aqueducs et d'étangs. A la suite des fontes de neige, des grandes pluies et des orages, ces eaux prennent une teinte légèrement blanche ou opalisée qui les fait appeler vulgairement *eaux blanches.*

3° Les eaux de sources provenant de sources diverses dues naturellement au sol versaillais, comme il en existe encore à Saint-Cloud et à Ville-d'Avray, mais dont le rendement n'est pas considérable.

Les eaux de Seine et d'étangs sont ordinairement mélangées dans les réservoirs Montbauron par le Service des Eaux de la façon la plus avantageuse pour la consommation. C'est là un des points les plus délicats et les plus difficiles du service, qui demande un examen minutieux des divers facteurs, à savoir des eaux de Seine à Picardie, des eaux des étangs supérieurs au carré de Trappes, au carré des eaux des étangs inférieurs de Saclay. Quant à la quantité de ces diverses provenances, elle est telle que, si l'eau de Seine n'était pas infectée, la machine de Marly, qui peut monter 20,000 mètres cubes par jour, pourrait suffire seule à satisfaire plus qu'au double de nos besoins, qu'on peut évaluer au maximum à 10,000 mètres cubes par jour. Le rendement des étangs supérieurs et inférieurs, quoique variable, peut être évalué à 1,500,000 mètres cubes disponibles par an, représentant environ la moitié de la consommation de la ville. Mais il reste à examiner la question importante de la qualité de ces eaux. C'est ce que nous ferons dans un second travail qui portera sur les années 1879 et 1880. Sans anticiper sur ses résultats, nous ne saurions cependant trop déplorer, en terminant, l'état actuel des eaux de Seine infectées par les égouts parisiens. Certes, Paris souffre des odeurs méphitiques qu'elle engendre, et a intérêt à les faire disparaître ; mais c'est contre tout droit que la Seine est infectée dans 113 kilomètres qui traversent le département de Seine-et-Oise. Nous en subissons le dommage comme riverains, et nous adjurons nos protecteurs naturels de veiller contre un danger qui menace la santé de nos concitoyens. On répond que Paris a fait à Gennevilliers, et se propose de faire dans la forêt de Saint-Germain, des utilisations qui remédieront au mal. Les expériences de Gennevilliers sont très intéressantes, mais elles n'ont retardé en rien l'infection croissante du fleuve ; et les projets à exécuter sur 1,400 hectares de la forêt de Saint-Germain infecteront la contrée, sans utiliser les 100 millions de mètres cubes d'eau dégouts que Paris déverse chaque année dans la Seine; lesquels, pour être purifiés, demandent un travail bien autrement important, moins dommageable, mais qui doit être prompt et complet.

III. — La machine de Marly.

Quand Louis XIV décida la création de la machine de Marly dont nous avons déjà parlé, l'ingénieur de Ville, que Colbert avait fait venir de Liège, commença par faire le nivellement de la Seine depuis Bezons jusqu'à Port-Marly, et il reconnut, par les profils, que le choix fait de Marly n'était pas possible, et que le meilleur était l'emplacement actuel de la machine ; parceque, contrairement au profil général en amont et en aval de Marly, la pente n'était que de $0^{m},10$ par kilomètres, tandis que de Bezons à Bougival il existait près de $3^{m},50$ pour un parcours de 10 kilomètres ; ce qui donnait $0^{m},35$ de pente par kilomètre. C'est alors que Louis XIV, pour ne pas supprimer la navigation de la Seine en faisant construire la machine de Marly, ordonna la création d'un bras de dérivation connu encore aujourd'hui sous la dénomination de Rivière-Neuve. Les déblais servirent à relier toutes les îles et à former l'estacade de la chute de la machine.

Ce barrage avait ainsi 3 mètres de hauteur ; il comptait 14 empellements, correspondant aux 14 roues hydrauliques de 12 mètres de diamètre. Les arbres de ces roues étaient armés de manivelles faisant mouvoir 221 pompes aspirantes et foulantes, étagées sur le flanc du coteau. Les pompes inférieures, au nombre de 64, envoyaient les eaux par cinq conduites dans un premier puisard situé à 50 mètres environ au-dessus de la Seine. Là, les eaux étaient reprises par 79 autres pompes qui recevaient leur mouvement des roues de la machine par l'entremise de balanciers et de chaînes, et qui portaient les eaux à 50 mètres plus haut dans un second puisard, dit le grand puisard. Enfin, une dernière série de 78 pompes élevait les eaux à 55 mètres ; total 155 mètres au-dessus de la Seine, sur le sommet de la tour élevée, à l'origine de l'aqueduc de Marly, distante de 1,074 mètres du bord de la rivière. Les pompes des deux étages supérieurs recevaient leur mouvement par des tringles qui suivaient la pente du coteau ; celles-ci étaient reliées par des boulons à des supports oscillants, dits varlets, fixés au sol. Sur l'aqueduc de Marly, long de 605 mètres et percé de 36 arcades dont les plus élevées ont plus de 24 mètres sous clé, les eaux coulaient dans un chenal garni de plomb terminé par deux conduits. Un siphon les amenaient aux réservoirs des Deux-Portes situés en face de l'aqueduc, de l'autre côté de la route de Versailles à Saint-Germain, au-dessus du château de Marly, pour les besoins duquel la machine fut créée à l'origine. Mais on ne tarda pas à envoyer de l'eau de Seine à Versailles. On établit pour cela une première conduite de fer de $0^{m},27$, qui suivait la route de Saint-Germain, longeait la chaussée de l'étang de Clagny (aujourd'hui rue Maurepas), avec un développement de près de 10,000 mètres ; les eaux se déversaient alors dans un réservoir placé sous la rampe de la Chapelle. Cette première conduite fut entièrement détruite vers 1694, après avoir servi bien peu de temps; car, vers 1690, Gobert, aidé de Le Jongleur, fit construire l'aqueduc qui amène l'eau de Seine, des réservoirs des Deux-Portes à Versailles. Cet aqueduc qui sert encore, n'a pas moins de 6,365 mètres de longueur avec une pente de 10 mètres ; il aboutit au réservoir de la butte de Picardie. De là, par un aqueduc ou mur de Montreuil qui disparut en 1739, époque à laquelle il fut remplacé par une simple conduite de fer placée sous l'avenue de Picardie, les eaux furent portées au sommet nivelé de la butte Montbauron, dans quatre réservoirs rectangulaires, au milieu desquels se trouvait un bassin rond de 20 mètres environ de diamètre, appelé le réceptacle des eaux.

Le volume d'eau élevé par l'ancienne machine de Marly a été, au début, de 250 pouces fontainiers ou de 5,000 mètres cubes par jour. Mais la force motrice de la machine était en partie absorbée par les frottements des balanciers et des bielles par lesquelles les roues transmettaient le mouvement aux pistons des pompes des deux étages supérieurs échelonnés le long du coteau de Marly. Ces frottements et l'usure d'un si grand nombre de pièces mobiles finit par réduire le rendement à 3 et 2,000 mètres cubes. D'autre part, les affouillements et la destruction successive de divers ouvrages diminua de 2 mètres la hauteur de la chute ; le défaut d'entretien, l'altération des aqueducs et leur déperdition diminua encore la quantité d'eau de Seine qui arrivait à Versailles. Ainsi, en 1789, la machine n'élevait plus que 640 mètres cubes; et, en 1803, seulement 240 mètres cubes. Aussi dut-on songer à améliorer cette triste situation.

Une commission composée de Prony, de Bossut et de Coulomb conclut, en 1802, à la destruction de l'ancienne machine de Marly; et, en 1803, un arrêté des Consuls en prescrivit l'adjudication. Celle-ci fut faite au profit d'un sieur Hérau, qui se contenta de commencer la démolition. Heureusement, un entrepreneur de charpente de Paris, nommé Brunet, survint et proposa d'élever les eaux d'un seul jet au sommet de la tour de l'aqueduc de Marly, ce qu'on n'avait jamais osé tenter, redoutant la rupture des tuyaux. Sur l'arbre d'une des deux vieilles roues, Brunet monta deux manivelles au moyen desquelles il mit en mouvement quatre pompes aspirantes et foulantes, dont le produit passait par un *réservoir d'air* qui donnait un mouvement régulier d'ascension dans la conduite. Cette machine fut mise en marche en septembre 1804; les eaux montèrent d'un seul jet dans la cuvette de l'aqueduc et on constata qu'il arrivait ainsi deux fois plus d'eau que par l'ancien système. Malgré cet heureux résultat, on se contenta d'appliquer à une seconde roue le procédé de Brunet, parce qu'on voulut alors construire une machine à vapeur pour élever, jusqu'à l'aqueduc de Marly, les eaux puisées dans la Seine; machine qui devait alterner avec les deux roues de Brunet, lorsque celles-ci seraient arrêtées dans leur marche par un niveau défavorable du fleuve, le chômage étant d'environ deux mois pendant les grandes eaux. C'est en 1817 que les deux roues hydrauliques de Brunet commencèrent à fonctionner; elles donnèrent en moyenne 800 mètres cubes d'eau par jour; et c'est en 1826 que la machine à vapeur de Cécile, ingénieur, et Martin, constructeur, fut terminée. Établie à une époque où les machines à feu étaient encore peu connues, elle coûta plus de deux millions, et fournit 1,800 mètres cubes d'eau par jour; mais son emploi était ruineux, car elle dépensait plus de 300 fr., et dans les derniers temps jusqu'à 500 fr. de charbon par jour; et elle fonctionnait en moyenne 113 jours de l'année. — Ce double système a cependant marché jusqu'en 1855.

Pendant sa durée, un fait important s'était passé du côté de la Seine. Nous venons de dire que la chute de la machine se trouvait réduite à un mètre, et on parlait de la détruire, quand une loi du 19 juillet 1837, relative au perfectionnement de la navigation de la Seine, vint modifier d'une façon inattendue la situation critique dans laquelle on se trouvait. L'élargissement des arches marinières des ponts, de nombreux dragages, et surtout la construction du barrage mobile de Bezons par M. Poiré, ainsi que les digues de Carrières, Chatou et Croissy, en rendant la navigation complètement indépendante, permettaient de retrouver toute la chute créée par Louis XIV. Aussi, dès cette époque, on songea à la construction d'une nouvelle machine hydraulique, capable, comme on disait alors, d'établir « un cours d'eau dans Versailles ». Mais, malgré les désirs et les efforts de nos administrations municipales, c'est seulement en 1852 qu'une commission, présidée par M. Regnault, de l'Académie des sciences, après avoir reconnu que les deux roues hydrauliques étaient dans un état de délabrement avancé, qu'elles étaient insuffisantes et que la machine à vapeur dépensait trop de combustible pour les résultats obtenus, proposa de faire tout le service au moyen de roues hydrauliques rétablies au cours de la rivière. Aux turbines on préféra des roues à aubes, d'une construction facile et d'un entretien simple; et on estima que trois roues seraient suffisantes. Néanmoins les travaux furent heureusement faits pour recevoir trois roues nouvelles qui ont été établies au fur et à mesure des besoins.

Les travaux commencèrent en 1855, et trois années furent nécessaires pour élever le barrage à la hauteur de l'axe des nouvelles roues. C'est en 1858 que, d'après les plans et sous la direction de M. Dufrayer, la nouvelle machine hydraulique fut exécutée, et c'est en 1859 qu'elle commença à fonctionner. C'est le modèle le plus puissant et le plus remarquable à citer en Europe.

La force mobile est développée par un barrage en rivière dont on utilise 870 chevaux-vapeur, sur une force d'environ 1,200 chevaux. Les vannes en avant de chaque roue sont en tôle et manœuvrent facilement. Les roues, au nombre de six, ont 12 mètres de diamètre sur une largeur de $4^{m},50$; leur moitié inférieure est exactement emboîtée dans des coursiers en maçonnerie; l'eau, qu'elles prennent aux deux tiers de la chute, agit par son poids sur les 64 aubes ou palettes de chacune des roues, commandant quatre pompes horizontales à piston plongeur et à simple effet. Le diamètre intérieur de chaque pompe est de $0^m,39$ et la course des pistons de $1^m,50$. Le mouvement est communiqué directement et simultanément aux pistons des quatre pompes de chaque roue, par des manivelles de $0^m,80$ de longueur, qui reçoivent les têtes des deux bielles. L'aspiration se fait par de petites galeries ménagées dans l'épaisseur des maçonneries et fermées aux deux extrémités par des vannes dont le jeu permet de prendre l'eau d'amont qui est ainsi toujours abondante, calme et décantée. Les conduites de refoulement sont placées latéralement dans la salle et communiquent avec des réservoirs d'air placés au bout de la salle et s'élevant jusqu'à la toiture; l'air y est entretenu au moyen d'un petit appareil appliqué sur le couvercle des boîtes à clapet d'aspiration. Ces réservoirs régularisent la pression de l'eau par la compression plus ou moins grande de l'air qu'ils renferment et qui est 16 à 17 atmosphères, pression un peu supérieure à celle de l'eau dans la conduite générale ; ils empêchent encore les coups de bélier. La conduite d'ascension a $0^m,60$ de diamètre intérieur et un développement total de 2,280 mètres de la machine aux réservoirs des Deux-Portes, qui sont à 156 mètres au-dessus de l'étiage de la Seine.

La nouvelle machine de Marly peut élever, en vingt-quatre heures, 21,960 mètres cubes d'eau, d'un seul jet, dans les réservoirs des Deux-Portes, c'est-à-dire plus de six millions de mètres cubes par an, en comptant deux mois de chômage à cause des hautes eaux. Elle a été construite aux frais de la liste civile de l'empereur Napoléon III ; elle a coûté plus de deux millions de francs.

L'aqueduc de Marly est ainsi devenu inutile; il

n'avait pas été construit, d'ailleurs, pour faciliter l'arrivée de l'eau de Seine à Versailles, et son chenal serait insuffisant aujourd'hui pour débiter la masse d'eau qu'élève la nouvelle machine.

Les réservoirs des Deux-Portes contiennent à leur plénitude 316,000 mètres cubes d'eau; c'est là notre premier magasin d'eau de Seine.

De ces réservoirs, l'eau arrive à Versailles par un aqueduc souterrain de 6,385 mètres de longueur aux filtres de Picardie. L'eau court dans l'aqueduc en se brisant de distance en distance, et une ventilation y a été établie dans ces dernières années par les puits nombreux creusés sur son parcours. Il se termine par un appareil de filtrage perfectionné à cause de l'infection de la Seine, et qui est susceptible d'épurer plus de 10,000 mètres cubes d'eau par jour. Autrefois les eaux de Seine étaient tamisées à leur sortie du bassin de Picardie ; la disposition actuelle est plus avantageuse parce que les eaux laissent ainsi moins de résidus dans le réservoir.

Le réservoir de Picardie cube 13,232 mètres. Il communique par une conduite de fonte avec les deux réservoirs situés sur le sommet de la butte Montbauron, dont la capacité est de 115,783 mètres cubes. Il est regrettable que les autres bassins qui s'y trouvaient, et dont nous avons déjà parlé, aient été aliénés; c'est là, en effet, qu'aboutissent non seulement les eaux de Seine, mais encore les eaux d'étangs du réseau supérieur. Ces anciens réservoirs seraient utiles pour recevoir, au milieu de Versailles, le double de ce qu'on peut y emmagasiner, aujourd'hui que la quantité d'eau puisée dans la Seine ou venant des étangs est aussi considérable qu'on peut le désirer.

La quantité d'eau consommée quotidiennement à Versailles variant entre 8,000 et 10,000 mètres cubes, la machine de Marly peut au point de vue de la quantité, fournir seule le double de cette consommation. Qu'il y a loin de là aux résultats obtenus par l'ancienne machine! et quels progrès la nouvelle réalise, si l'on songe surtout à sa simplicité, comparée aux quatorze roues, aux deux cent vingt-une pompes, aux balanciers et aux chaînes d'autrefois!

IV. — Le domaine des Etangs et Rigoles.

Les deux réseaux de rigoles, d'aqueducs et d'étangs, dits systèmes supérieur et inférieur, situés au sud et à l'ouest de Versailles, considérés topographiquement, constituent un vaste drainage à ciel ouvert et souterrain, qui sert d'évacuation par les pentes naturelles autant que par ses fossés, aux eaux de dégel ou de pluie qui n'ont pu s'infiltrer dans le sol, parce que celui-ci est pierreux, durci par la gelée ou la sécheresse, ou encore parce qu'il est saturé.

Outre leur utilité incontestable pour la ville de Versailles à laquelle ils fournissent une partie de sa consommation, ces deux systèmes hydrauliques ont encore pour l'agriculture un grand intérêt, car ils assainissent les plaines et préservent les vallées des crues subites et des inondations. On méconnaît ou l'on ignore trop souvent, dans les localités où il existe, l'importance de ce drainage si dispendieusement établi; et cependant les hommes les plus compétents qui l'ont étudié de près n'ont pas craint de dire que, si ce système n'existait pas, il faudrait chercher à le créer pour conserver la fertilité aux campagnes qui sans lui retourneraient à leur état primitif, c'est-à-dire redeviendraient des terrains marécageux.

Les eaux pluviales sont donc détournées de leur écoulement naturel vers les rivières de Vesgre, d'Yvette et de la Bièvre, par un vaste réseau de rigoles et d'aqueducs contournant les crêtes des vallées et sillonnant les plaines situées au sud et à l'ouest de Versailles. Les eaux recueillies dans ces rigoles et ces aqueducs se dirigent ensuite, par des pentes plus ou moins rapides, vers de grands étangs formés par des plis naturels du sol, et limités par des levées ou des digues à leur partie déclive. Aussi leur fond est ordinairement constitué par l'argile qui contribue à donner aux eaux recueillies cette couleur opaline qui les a fait nommer *eaux blanches*.

Cet argile constitue à peu près partout le sol naturel des surfaces versantes, et colore l'eau au bout d'une quinzaine de jours; mais cette eau reste douce, car elle marque ordinairement 10 à 15° à l'hydrotimètre. On a prétendu à tort que le fond des étangs était vaseux ; ce sont des réservoirs dans lesquels l'eau est en mouvement, plutôt que des étangs; leur fond est argileux ou formé de pierres, ou d'un gravier très fin, couvert d'une végétation coupée avec soin.

Les étangs qui nous entourent sont des réservoirs, c'est un fait important qui a été trop souvent oublié. D'où les critiques souvent acerbes sur la qualité de l'eau qu'ils fournissent, que les analyses chimiques montrent erronées et nées des idées ordinairement admises sur la valeur des eaux d'étangs au point de vue de l'alimentation. Ces réservoirs reçoivent les eaux des surfaces versantes et les livrent journellement à la consommation de la ville. Nous ne voulons cependant pas prétendre qu'elles s'améliorent pendant leur parcours; car on admet généralement qu'une eau s'améliore si sa vitesse d'écoulement à ciel ouvert atteint un minimum de $0^m,30$ à la seconde; et l'administration a constaté maintes fois que cette vitesse, dans ses rigoles et aqueducs, ne dépasse pas $0^m,10$ à $0^m,15$, en ajoutant que le quart environ du parcours s'effectue sous terre. Dans les étangs, l'amélioration de l'eau peut se faire sous l'influence de certaines végétations vertes, dont nous avons déjà observé de fort curieux exemples. C'est ainsi que sous l'influence d'une algue microscopique nommée le *zygogonium*, nous avons vu la pièce d'eau des Suisses, qui n'est qu'un réservoir comme les étangs qui nous entourent, s'améliorer rapidement, et récupérer la quantité d'oxygène qu'elle avait perdue, en s'éclaircissant au point de laisser voir son fond malheureusement vaseux; mais cette amélioration a été d'assez courte durée, et à la végétation du zygogonium a succédé l'apparition d'*oscillaires* comme il en existe dans le grand canal du parc, et l'eau de la pièce d'eau des Suisses a perdu alors, en grande partie, sa transparence en même temps que sa qualité, comme l'a démontré l'analyse oxymétrique.

Description. — Le développement des rigoles, des aqueducs et des étangs ne comporte pas moins de $192^{kil.},678$ dont $46^{kil.},297$ en aqueducs. La largeur moyenne des rigoles est de $20^m,63$ y compris l'*ados* c'est-à-dire la digue continue qui interrompt l'écoulement naturel vers les vallées, elle provient du creusement des cuvettes et existe d'un seul côté. On nomme *franc-bord* le côté opposé. Indépendamment de ces rigoles, aqueducs et étangs de plus de 192 kilomètres de longueur, il existe un nombre considérable d'autres petites rigoles ou vidanges, affluents des rigoles principales et qui servent encore à l'assainissement des terres. Ces dispositions se rencontrent en grand nombre dans les plaines de Coignières, des Essarts, de Saint-Hubert, de Corbet, des Bréviaires, du Perray, de Vieille-Eglise et de Saint-Benoît.

La contenance totale de tout ce qui compose le système des eaux blanches, calculée dans la limite des bornes qui déterminent le périmètre des deux réseaux, supérieur et inférieur, est de 1,252 hectares 40 centiares.

Ce domaine des eaux blanches se subdivise en deux parties qu'il nous reste maintenant à indiquer. L'une s'appelle le système supérieur et l'autre le système inférieur des étangs.

Le SYSTÈME SUPÉRIEUR, à partir de son extrémité ouest, se compose de la rigole de Saint-Benoît qui aboutit à l'*étang de la Tour;* de la rigole du Pied-Droit, de l'*aqueduc de Vieille-Eglise*, de la rigole de Vieille-Eglise, du *grand aqueduc du Perray*, des rigoles du Bois-des-Vaux, du Trou-Zozon, des Chanvres, des Pluviettes et de Vilpair, de la RETENUE DES PLUVIETTES; des rigoles de Coupegorge, du Rozeau et de Parfond qui aboutissent à l'*étang du Perray;* de la rigole de superficie du Perray, du *petit aqueduc du Perray*, des rigoles de l'Aretoire, de la Billette, des Bréviaires, de la RETENUE DES BRÉVIAIRES; de l'*aqueduc des Bréviaires*, des rigoles de Montfort, de la Haie-aux-Vaches qui aboutissent aux *étangs de Saint-Hubert.* Ces étangs sont divisés par des levées de terre en six parties, les deux étangs de Hollande, celui de Bourgneuf et de Corbet,

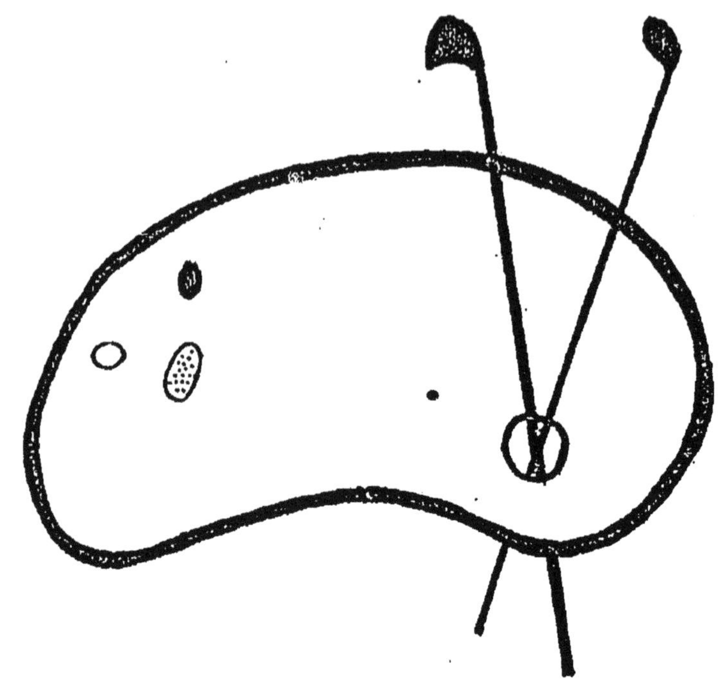

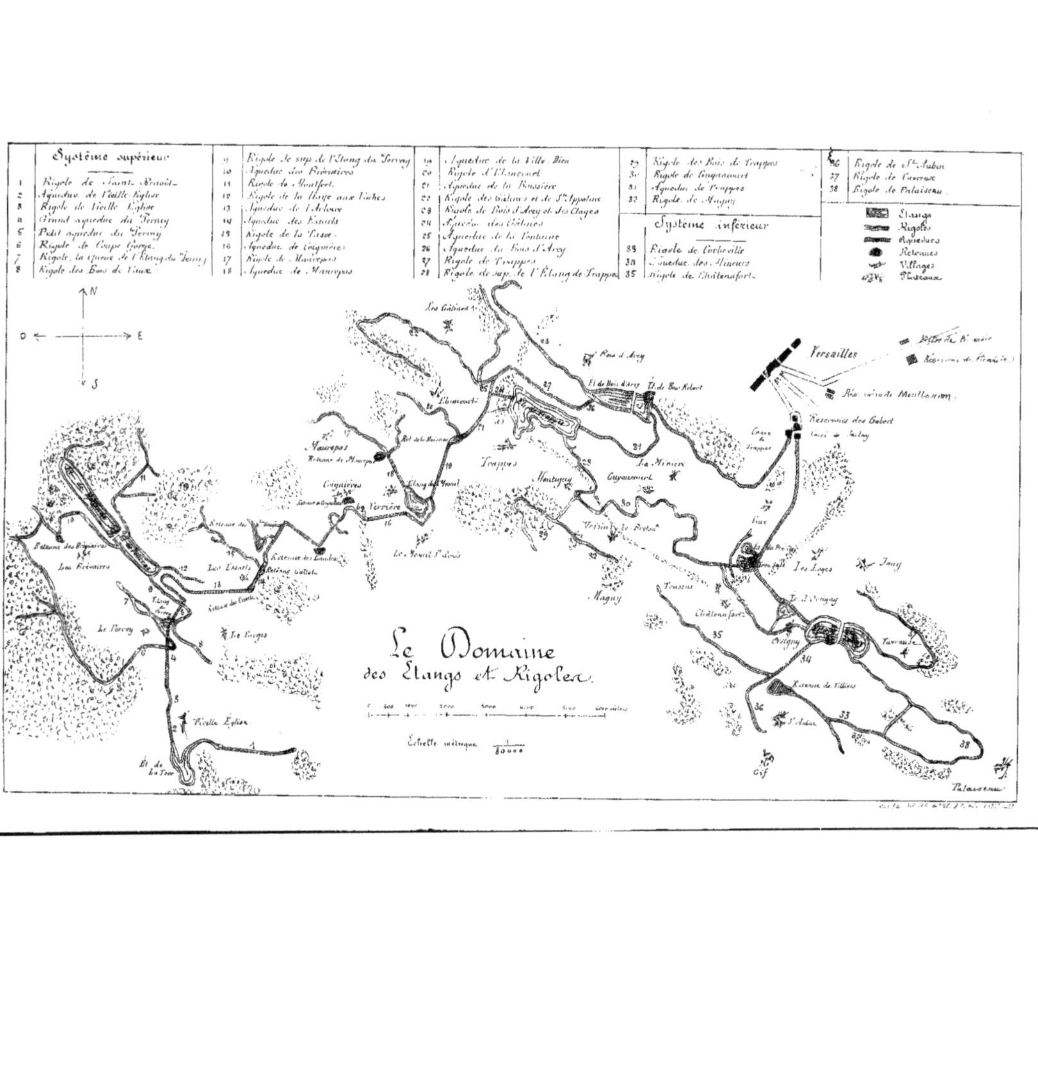
Système supérieur
1 Rigole de Saint-Benoit
2 Aqueduc de Vieille Eglise
3 Rigole de Vieille Eglise
4 Grand aqueduc du Perray
5 Petit aqueduc du Perray
6 Rigole de Coupe Gorge
7 Rigole, la queue de l'Etang du Perray
8 Rigole des Bois de Vaux
9 Rigole de sup. de l'Etang du Perray
10 Aqueduc des Bréviaires
11 Rigole de Montfort
12 Rigole de la Haye aux Vaches
13 Aqueduc de l'Artoire
14 Aqueduc des Essarts
15 Rigole de la Tasse
16 Aqueduc de Coignières
17 Rigole de Maurepas
18 Aqueduc de Maurepas
19 Aqueduc de la Ville Dieu
20 Rigole d'Elancourt
21 Aqueduc de la Boissière
22 Rigole des Gâtines et de Ste Appoline
23 Rigole de Bois d'Arcy et des Clayes
24 Aqueduc des Gâtines
25 Aqueduc de la Fontaine
26 Aqueduc du Bois d'Arcy
27 Rigole de Trappes
28 Rigole de sup. de l'Etang de Trappes
29 Rigole des Bois de Trappes
30 Rigole de Guyancourt
31 Aqueduc de Trappes
32 Rigole de Magny
Système inférieur
33 Rigole de Corbeville
34 Aqueduc des Mineurs
35 Rigole de Châteaufort
36 Rigole de St Aubin
37 Rigole de Favreux
38 Rigole de Palaiseau
Etangs
Rigoles
Aqueducs
Retenues
Villages
Plateaux
N
O
E
S
Versailles
Trappes
Maurepas
Coignières
Elancourt
Guyancourt
Montigny
Magny
Les Essarts
Les Bréviaires
Le Perray
Les Loges
Châteaufort
Orsigny
St Aubin
Gif
Palaiseau
Le Domaine
des Etangs et Rigoles
Echelle métrique 1/80000

l'étang de Pourras et l'étang de Port-Royal. Viennent ensuite : l'*aqueduc de l'Aretoire*, la grande et la petite RETENUE DES ESSARTS, l'aqueduc des Essarts, la rigole qui est entre les deux aqueducs, celle de la Tasse, l'*aqueduc de Mauregard*, la rigole dite le Lit-de-Rivière, niveau du canal projeté pour amener l'Eure à Versailles, la rigole des Hautes-Bruyères, la RETENUE DES HAUTES-BRUYÈRES ; la rigole des Néfliers, la RETENUE DE COIGNIÈRES ; l'*aqueduc de la Verrière*, les rigoles du Mesnil-Saint-Denis et de Maurepas, la RETENUE DE MAUREPAS ; la rigole du Coudrai, l'*aqueduc de Maurepas*, la rigole de la Verrière aboutissant à l'*étang du Mesnil-Saint-Denis;* l'aqueduc de la Villedieu, la rigole de la Boissière, la RETENUE D'ÉLANCOURT ; la rigole d'Elancourt, le fossé du Coudrai, l'*aqueduc de la Boissière*, la rigole dite le Grand-Lit-de-Rivière, la rigole de la Vache-Noire, aboutissant à l'*étang de Trappes ou de Saint-Quentin;* et encore la rigole dite le Petit-Lit-de-Rivière, l'*aqueduc de Bois-d'Arcy*, les rigoles de Bois d'Arcy, des Clayes, du Val-Joyeux et les *étangs du Bois-d'Arcy et du Bois-Robert;* enfin l'*aqueduc de Bois-Robert*, la rigole du Gland et l'*aqueduc de Trappes.*

Les étangs du Bois-Robert et du Bois-d'Arcy ont été transformés en retenue en 1824, à la suite d'une épidémie qui avait sévi à Saint-Cyr ; ils ne contiennent plus d'eau que passagèrement.

Le produit de toutes les rigoles et étangs que nous venons d'énumérer complétés par les aqueducs établis là où le système hydraulique ne pouvait être à ciel ouvert, aboutit à l'étang de Trappes, réservoir commun de tout le système supérieur, parce que sa position lui permet de recevoir l'écoulement de toutes les rigoles et de tous les autres étangs. Il couvre 216 hectares, et sa capacité est de 2,969,796 mètres cubes, ou bien près de trois millions. De cet étang, les eaux arrivent à Versailles par l'aqueduc souterrain de Trappes, de 23,980 mètres de longueur, qui longe les sommets de la vallée de la Bièvre, traverse presque à angle droit la plaine de Satory à une profondeur maximum de 35 mètres, et aboutit au point culminant de la butte de Gobert, dans un petit bassin de distribution, dit *Carré-de-Trappes*, qui est à 13 mètres au-dessus des réservoirs de Gobert. De ce point, l'eau est envoyée à volonté par une conduite de fond et une de superficie dans les bassins ou réservoirs de Gobert, ou dans ceux de Montbauron par trois conduites en syphon qui traversent la rue des Tuyaux et l'avenue de Paris. On peut ainsi maintenir en équilibre les eaux de ces bassins, car si les réservoirs de Montbauron sont pleins et qu'on fasse le vide dans le bassin d'arrivée à Gobert, on peut y renvoyer de Montbauron une tranche d'eau égale à la surface de ces réservoirs, multipliée par la hauteur d'eau contenue dans le bassin d'arrivée.

Le RÉSEAU INFÉRIEUR, à partir de son extrémité Est, se compose des rigoles de Favreuse, de Palaiseau, de la Vove, de Corbeville, de Moulon, de l'*étang de Villiers-le-Bâcle;* des rigoles de Saint-Aubin, de Châteaufort, du Bois-des-Plants, de l'*aqueduc des Mineurs*, de la rigole de Saclay, *des deux étangs de Saclay* (neuf et vieux); de l'*aqueduc des Loges*, des arcades de Buc et de l'*aqueduc des Gonards* qui se termine aux réservoirs de Gobert.

Le produit de ce réseau est amené des étangs de Saclay dans les réservoirs de Gobert par un aqueduc de 6,825 mètres de longueur (des Loges et des Gonards), souterrain dans presque tout son parcours, sauf la traversée de la vallée de la Bièvre qu'il franchit au moyen des arcades de Buc, qui ont 595 mètres de long. Comme les réservoirs de Gobert sont au-dessous du carré de Trappes de 13 mètres, on ne peut envoyer leurs eaux à Montbauron, aussi elles servent à alimenter les parties basses de la ville, et les réservoirs de l'aile du nord ou de l'Opéra.

Le réseau supérieur et le réseau inférieur des étangs et rigoles communiquent entre eux par la *rigole de Guyancourt*, qui unit l'étang de Trappes aux étangs de Saclay, ce qui permet le déversement du système supérieur dans l'inférieur, c'est-à-dire d'équilibrer les deux systèmes. Longue de 17,400 mètres, cette rigole reçoit dans son parcours les rigoles secondaires des Granges, de Gironde, des bois de Trappes, de Voisins et du Manet, avec retenue à Montigny; plus bas, elle communique avec l'*étang de Trou-Salé* par une rigole à cascades, et plus bas encore, elle reçoit la rigole de la retenue d'Orsigny.

Capacité et rendement des étangs. — Dans le domaine des étangs et rigoles, il faut distinguer l'étendue des surfaces qui versent leurs eaux, la capacité des étangs, et le rendement moyen par année des eaux reçues par le domaine.

L'étendue des surfaces versantes est d'environ 15,000 hectares, ainsi répartis :

Etang de la Tour, surface versante.	600 hectares.
Etangs du Perray et de Saint-Hubert, surface versante	3,400
Etangs de Trappes, entre la Tour et le Perray.	800
A reporter. . . .	4,800 hectares.

Report.	4,800 hectares.
Etangs de Trappes, entre le Perray et Trappes	2,900
Etangs de Bois-d'Arcy et de Bois-Robert.	1,200
Etangs de Saclay, neuf et vieux. .	6,000
	14,900 hectares.

Quant à la capacité des étangs, elle est de 7,971,727 mètres cubes; l'étang de Trappes ou de Saint-Quentin concourt pour 2,969,796 mètres cubes, et les étangs de Saclay pour 1,043,217 mètres cubes.

Quel est maintenant le rendement annuel de ces étangs? Il est nécessairement variable, et il ne peut être question ici que d'une évaluation moyenne. M. Seguy, directeur des eaux, établissait en 1850 que sur une moyenne de cinq ans ce rendement pouvait être considéré comme étant de 5,321,151 mètres cubes, auquel il fallait enlever, dit-il, au moins un cinquième à cause de l'évaporation et des infiltrations; ce qui réduirait la quantité disponible à 4,256,921 mètres cubes. M. Vallès, ingénieur en chef des ponts et chaussées à Versailles, a discuté tout particulièrement cette importante question, et il a émis que ce rendement, déduction faite de l'évaporation, ne devait pas dépasser 4,300,000 mètres cubes. Ce chiffre de 4,000,000 en chiffres ronds paraît aujourd'hui beaucoup trop élevé au Service des Eaux qui, d'après des études remontant à plus de quinze ans, n'admet pas qu'on puisse évaluer la moyenne disponible à plus de 1,000,000 de mètres cubes par année. Ce chiffre peut cependant être augmenté de 500,000 mètres cubes, si l'on tient compte des réserves que le service peut faire pendant les années productives, c'est-à-dire humides et pluvieuses, et qu'on peut ajouter au rendement moyen.

L'endiguement des étangs. — S'il pouvait être obtenu sans nuire au jeu du système hydraulique des étangs et sans réduire le cube d'eau disponible, il aurait l'avantage de diminuer l'évaporation et d'empêcher les émanations délétères. Aussi a-t-il été réclamé comme moyen de prévenir les fièvres intermittentes causées dit-on par les étangs. Le conseil d'arrondissement de Versailles a émis le vœu en 1875 que le ministre des travaux publics fît étudier la question d'endiguement des étangs de Saclay et de Saint-Quentin.

Depuis 25 ans le service des eaux s'est déjà préoccupé de cette question et en 1851 il a endigué le vieil étang de Saclay. A Trappes, pour empêcher la perte des eaux du côté des marnières, l'endiguement de la Canardière a été encore entrepris; la première partie a été faite en 1874 et la seconde en 1876. Tous ces travaux ont démontré que l'endiguement général proposé pour remédier aux émanations palustres serait peu efficace. Créer sur le périmètre des étangs des digues excédant la surface du sol, c'est édifier un obstacle à l'écoulement des surfaces versantes; les digues sont alors prises entre deux eaux, elles ne servent à rien et sont rapidement détruites. Ce qui s'est passé à Saclay l'a démontré et c'est en rappelant ces faits que M. Richard, inspecteur du Service des Eaux, a éclairé le conseil d'hygiène de Seine-et-Oise, en 1875. « On ne saurait, a-t-il ajouté, endiguer des étangs formés seulement par le sol argileux de la contrée et qui sont alimentés par la pente naturelle des terains voisins. Pour concentrer les sept millions de mètres cubes constituant la réserve des étangs, il n'y aurait qu'un moyen, ce serait de creuser le sol argileux et de faire de véritables réservoirs, ce qui entraînerait à une dépense telle qu'on n'obtiendrait pas de crédit pour exécuter un tel projet. » L'endiguement complet des étangs ne remédierait à rien, leur niveau n'étant pas constant.

Assainissement des étangs. — A cause des fièvres d'automne que signalent chaque année les médecins qui exercent dans les communes voisines des étangs, surtout à Trappes et à Saclay, il importe, partout où cela est possible sans nuire à l'écoulement des eaux, partout où les bords sont absolument plats, d'établir des talus inclinés et gazonnés sur lesquels les variations de niveau ont peu d'importance. En 1850 le Service des Eaux estimait que la quantité de terrain qu'on pouvait rendre ainsi à la culture pouvait être d'environ 30 hectares; et de son côté, M. Vallès a fait remarquer qu'un abaissement de 1 mètre, là où les bords sont plats, découvre parfois 50 à 60 hectares; tandis qu'avec des talus inclinés, cette surface peut être réduite à 1 hectare. De plus la surface inclinée conserve moins de matières décomposables qui suivent la nappe liquide dans son mouvement de descente, et le gazon des talus absorbe encore les matières fertilisantes que les eaux peuvent déposer en se retirant.

Au point de vue de la salubrité, une autre mesure, également importante, c'est celle que le service des eaux a imposée à ses locataires, à savoir l'obligation d'enlever chaque année, avant le 1er novembre, toutes les récoltes, retailles, etc., des étangs et rigoles; et qu'il a pris le parti de faire exécuter scrupuleusement cette condition. Les eaux d'étangs ont été soustraites ainsi à une cause importante d'infection; car si la végétation assainit les eaux en absorbant les matières étrangères qu'elles peuvent renfermer, c'est à la condition d'être vivante; tout végétal mort devient une cause d'infection et d'insalubrité. Aussi, plus on fauchera les roseaux et les plantes qui bordent les étangs, plus on travaillera à les assainir. Le faucardage, c'est-à-dire le fauchage sous l'eau, des joncs et des plantes aquatiques, complètera encore d'une façon très utile l'assainissement des eaux. Cette dernière opération, surtout depuis plusieurs années, se poursuit régulièrement; aussi ce ne sont pas les végétations qui ont causé les plaintes auxquelles les étangs ont donné lieu dans ces derniers temps.

Ce qui est regrettable et ce qui cause un vrai dommage aux eaux d'étangs, c'est la présence des lessiveuses et laveuses tolérées sur leurs bords, et que subit le Service des Eaux. Les communes abusent de cette tolérance avec d'autant moins de raison que chacune d'elles peut se créer des lavoirs communaux, que le Service des Eaux peut alimenter, comme cela se pratique aux Essarts et au Mesnil-Saint-Denis. Cet abus, auquel on n'a pas toujours voulu attacher l'importance qu'il mérite, a souvent été cause de l'infection de nos étangs. Pour s'en convaincre, il suffit de lire un mémoire de M. Rabot, dans le 3e volume des rapports du conseil central d'hygiène de Seine-et-Oise. Il fait voir qu'en 1876 les eaux d'étangs furent altérées au point de ne plus pouvoir fournir sans danger à nos réservoirs d'alimentation, et que l'infection tint principalement à la présence d'une quantité d'acide gras provenant du savon. Le conseil d'hygiène insista pour que tout lavage fût interdit dans les étangs, sur lesquels les communes ne peuvent revendiquer aucune servitude, et au printemps suivant toute trace d'infection avait disparu. —

On ne saurait donc trop insister sur la nécessité de cette interdiction, qui assurera à Versailles la salubrité des eaux qui l'alimentent; d'autant que pour la construction des lavoirs, l'Etat offre de prendre à sa charge le quart de la dépense d'installation, et d'alimenter chaque lavoir pour une redevance annuelle de un franc.

Quelques mots encore sur les bords des étangs. Tout dépôt doit-être évité sur les berges, et il y a grand intérêt, à cause de la puissance absorbante de la végétation, à ce qu'elles soient gazonnées plutôt que cultivées. De plus ces berges sont utilement garnies de plantations productives avec le temps, lesquelles sont encore un puissant moyen d'assainissement. Ces plantations peuvent être basses et touffues, elles offrent alors une barrière très efficace aux émanations marécageuses ; si elles sont hautes, elles préviennent l'échauffement des bords en y projetant leur ombre, mais elles ont l'inconvénient, si elles sont trop près des bords, de laisser leurs feuilles tomber dans l'étang. D'une façon générale, il faut reconnaître que les plantations doivent être tenues à distance ; non seulement les feuilles corrompent l'eau, mais les branches s'opposent encore à son écoulement, les racines détruisent les maçonneries ou perforent les berges et provoquent des fuites et des dépenses.

Quant aux habitations qui se trouvent dans le voisinage des étangs, elles doivent toujours se protéger par un petif bois, un quinconce ou un rideau d'arbres. Pourquoi les villages qui se plaignent ne se protègent-ils pas par des plantations? Cette mesure élémentaire d'hygiène publique est trop négligée. Il suffit, par exemple, de visiter Trappes pour voir combien on aurait peu à faire pour l'assainir. Les émanations de l'étang ne sont pas d'ailleurs la principale cause de l'insalubrité qui chaque année est signalée au conseil central d'hygiène de Seine-et-Oise.

Une question intéressante que l'administration étudie, c'est celle de savoir si l'on doit entretenir du poisson dans les étangs : sa présence, en tout cas, prouve la bonne qualité de l'eau, mais s'il vient à y mourir, il peut causer son infection.

Le voisinage des distilleries et des féculeries qui utilisent leurs eaux en irrigation, peut encore saturer le sol et devenir une cause d'insalubrité pour les étangs, si l'on n'y prend garde.

Suppression des étangs. — Comme la machine de Marly peut seule alimenter Versailles, si l'eau de Seine n'était pas infectée, on a songé parfois à supprimer les étangs qui nous entourent. Mais déjà une commission composée de M. Poirée, inspecteur général des ponts et chaussées, de M. Juncker, inspecteur général des mines, et de M. Mary, inspecteur divisionnaire, rapporteur, chargée d'étudier la question des eaux de Versailles, a reconnu que le système des eaux blanches devait être maintenu, pour recueillir les eaux des plateaux situés entre Versailles et Rambouillet qu'il contribuait à assainir, pour suppléer à l'insuffisance des écoulements naturels, et surtout pour faciliter le drainage de ces terrains argileux, qui pendant l'hiver et les saisons humides restent imprégnés d'eau jusqu'à fleur du sol. De plus les bords de la Bièvre et de l'Yvette sont aujourd'hui garnis d'établissements industriels et de maisons d'habitation qui ne toléreraient pas les inondations subites produites par les crues des eaux. Cette commission a fait encore observer que les étangs permettent, par leur trop-plein, de régler l'assainissement de la Bièvre; et que le terrain des rigoles, de leurs digues et de leurs francs bords ne pourrait être cultivé qu'une fois nivelé, ce qui coûterait plus qu'il ne vaut.

On a songé aussi à supprimer l'eau de Seine, dont la qualité s'est bien affaiblie depuis l'infection du fleuve par les deux grands collecteurs de Paris; mais cela est impossible, car le rendement des étangs est nécessairement variable, et on l'a vu se réduire à peu de chose quand l'hiver est sec et sans neiges. Il faut ajouter que pendant les fortes chaleurs, les eaux d'étangs sont sujettes à des altérations, surtout si l'eau est peu profonde; il peut se produire alors une végétation très active qui nourrit des myriades d'insectes dont les générations éphémères meurent en altérant les eaux.

Les deux services de Marly et des étangs, qui ont d'ailleurs aujourd'hui la même canalisation dans Versailles, sont donc nécessaires pour conserver à la ville une alimentation certaine et constante. Les étangs nous sont utiles, ainsi qu'aux communes qui les entourent, parce qu'ils assainissent la contrée; si maintenant les villages qui les bordent se plaignent parfois des fièvres engendrées par leurs eaux, c'est surtout parce qu'on ne respecte pas assez ces réservoirs, qu'on y lave le linge, qu'on y déverse des eaux souillées, et qu'on dépose des immondices sur leurs bords.

V. — **Les Eaux de sources.**

Nous avons déjà vu avec quel soin les eaux de sources avaient été recherchées à la création de Versailles, et dit qu'elles avaient diminué sous la Révolution à cause de l'abandon du domaine, autant que par les ventes opérées à cette époque. Malgré les efforts tentés depuis, on n'a pas obtenu le rendement primitif. Autrefois, celui-ci s'élevait à 200 mètres cubes par jour, il est réduit à 130 mètres cubes, soit 47,450 mètres cubes par an.

C'est que ces eaux de sources ne sont que des eaux de pluies tamisées par des côteaux sablonneux; recueillies dans des aqueducs qu'elles ensablent souvent, leur rendement est très variable. Puis, les surfaces du sol autour de Versailles sont mieux aménagées, il y a moins de parties boisées, la terre mieux cultivée consomme plus d'eau à cause de la végétation qui la couvre.

L'administration des eaux a consacré depuis une dizaine d'années 3,000 ou 4,000 francs par an pour améliorer les aqueducs, les conduites et les rigoles; elle a obtenu des résultats plus satisfaisants à Bailly qu'à Rocquencourt, et cependant le rendement total n'est guère que de 130 mètres cubes par jour.

Aussi l'importance qu'on a voulu attacher à ces eaux à diverses époques est-elle exagérée. Ces sources fourniront toujours une bien petite quantité d'eau, eu égard à la consommation de la ville, et nous verrons plus loin qu'il ne faut pas s'exagérer leur qualité.

Ces eaux de sources, situées au NORD de Versailles, constituent plusieurs systèmes complètement indépendants les uns des autres.

Ainsi, sur le plateau de la plaine du *Trou-d'Enfer* se trouve un aqueduc qui, avec ses rameaux, n'a pas moins de 3,492 mètres de longueur; il aboutit à une chambre de réunion dite du Trou-d'Enfer, située près du poste du garde des eaux. C'est de là que partait autrefois la conduite qui amenait les eaux de sources dans le réservoir de la grotte de Téthis; aujourd'hui cet aqueduc ne fournit plus d'eau que par intermittence et ce système hydraulique est à peu près abandonné.

Dans la plaine de *Bailly*, au pied de la forêt de Marly, se trouve un aqueduc, composé de deux rameaux, de 2,232 mètres de longueur. Il aboutit dans une chambre dite de *Chèvreloup*, dans la plaine du même nom. De cette chambre, les eaux traversent la plaine de Chèvreloup par une conduite de fonte de 2,235 mètres de longueur, pour se rendre à un carré de réunion situé sur l'emplacement de l'ancienne pépinière Saint-Antoine, à gauche de la route de Saint-Germain.

Au pied du côteau de Rocquencourt se trouve un autre aqueduc de 1,295 mètres de long, dit du *Chesnay*, composé de deux rameaux qui se réunissent dans une chambre dite de Flachard. De là, par un tuyau de grès de 700 mètres de longueur, les eaux se rendent dans le carré de réunion situé sur l'emplacement de l'ancienne pépinière Saint-Antoine où aboutissent également les eaux de Bailly. Les eaux de ce carré pénètrent en ville par une conduite de fonte de 1,815 mètres de longueur, en passant sous les rues de l'Ermitage, de Maurepas et des Réservoirs, elles se rendent rue de la Pompe, n° 11, à la cuvette du petit château-d'eau qui s'y trouve.

Dans la plaine du Chesnay, près de la route qui réunit le grand et le petit Chesnay, entre les lavoirs publics, se trouve un aqueduc de 660 mètres, dit aqueduc des *Puits-de-la-Reine*, parce que la reine Marie-Antoinette ne buvait que de cette eau à Trianon; c'est, en effet, une des meilleures sources du service. Elle est utilisée pour le Chesnay; une partie se déverse dans le rû de Glatigny; une autre partie, par des conduites de bois de 1,035 mètres de longueur, qui existent encore, alimentent les sources en vogue qui se trouvent dans les fossés de Trianon.

Enfin, au pied des bois de la Brèche ou des Hubies, depuis le bas Bel-Air jusqu'au chemin de Glatigny au Butard, dans les *Fonds-Maréchaux*, les eaux sont recueillies par un aqueduc de 780 mètres de longueur, et amenées de là, par des conduites de fonte et de grès de 2,250 mètres de long, dans une chambre de réunion dite de Béthune, située en dehors de la grille d'entrée de la ville; c'est de cette chambre que part la distribution.

Il y a intérêt à dire que les aqueducs des sources reçoivent dans leur parcours des eaux de surface ou de pluie, ce qui peut avoir de l'importance au point de vue des analyses oxymétriques et de leur qualité.

Les eaux de sources alimentaient autrefois un grand nombre de fontaines publiques dans Versailles. Nous avons fait connaître, dans un autre travail, leur distribution à différentes époques (1); qu'il nous suffise de dire ici qu'il ne reste plus en ville, aujourd'hui, que sept fontaines auxquelles ces sources fournissent de l'eau.

Ces fontaines sont exactement :

Celle de la rue de Beauvau;
— du boulevard de la Reine, à l'angle de la rue des Réservoirs;

(1) *Des Eaux de sources de Versailles :* rapport au Conseil central d'hygiène et de salubrité du département de Seine-et-Oise, t. X, année 1878, p. 244 et suivantes.

Celle de la rue des Réservoirs, à l'angle de la rue de la Pompe ;

— de la place Hoche (côté ouest) ;
— de la rue de Gravelle ;
— des Quatre-Bornes, au carrefour des rues de Satory et de l'Orangerie ;
— de la place Saint-Louis.

Pour terminer ce qui concerne les sources du côté nord de Versailles, il reste à parler de la fontaine de la rue de l'Ermitage, nommée encore Fontaine de la Vierge, et des sources des fossés de Trianon, à cause de la vogue dont elles jouissent, malgré leur rendement variable et leur peu d'importance.

La *Fontaine de la Vierge* est adossée à une propriété qui fut donnée par Louis XIV au sieur Le Jongleur, un des fontainiers du roi, le 1er avril 1687, à charge par lui de conduire en cet endroit, à ses frais et dépens, l'eau de la fontaine des Crapcauds, située dans la plaine du même nom, et d'y faire construire une fontaine en pierre de taille pour servir au public. Son eau jouit d'une certaine faveur à cause de sa fraîcheur et de sa limpidité ; c'est cependant la moins potable des eaux de sources de Versailles. En effet, l'eau qu'elle donne se rapproche beaucoup de l'eau des puits de la ville.

Pour un litre, elle contient :

Sulfate de chaux (plâtre).......	0,75	centigr.
Carbonate de chaux (craie).....	0,22	»
» de magnésie.........	0,13	»
Chlorure de sodium.........	0,09	»
Acétates alcalins...........	0,24	»

Prise de temps à autre, elle est sans inconvénient ; mais elle serait légèrement purgative si on en absorbait une certaine quantité; il serait donc imprudent d'en faire un usage constant.

Chacun connaît la source des fossés de Trianon, à laquelle on arrive, depuis 1858, par un escalier et une plateforme de pierre; une grille en défend l'accès et protège un réservoir dallé, dans lequel s'écoule lentement et d'une façon variable, par le bec d'un tuyau de fonte, l'eau célèbre, dans Versailles, *de la source ferrugineuse de Trianon.*

Les eaux des fossés de Trianon arrivent, par une conduite de bois de plus de 1,000 mètres de longueur, des Puits-de-la-Reine, situés dans la plaine du Chesnay. Autrefois, c'était en-deçà du mur d'enclos des jardins du Petit-Trianon. Elles auraient disparu sous les remblais, si l'on n'avait pris soin de les amener par quelques bouts de tuyaux dans le fossé, jusqu'au petit réservoir actuel. Sous le règne de Louis XVI, cette source attirait déjà tant et de si turbulents buveurs que la reine, troublée dans la tranquillité relative qu'elle cherchait dans sa maison de plaisance, fut obligée de faire placer une porte pour interdire l'accès de la fontaine; elle subsista jusque vers 1825.

Dans l'eau de Trianon, plusieurs fois analysée, M. Chatin, a signalé : 1° une matière organique (glairine) abondante, qui détermine à la longue l'altération de l'eau en vases clos; 2° du fer à l'état de carbonate et dont la dose varie de 2 à 5 centigr. par litre, suivant que la source coule avec plus ou moins d'abondance. Dans l'état le plus habituel, chaque litre contient 2 à 3 centigr. de carbonate, qui devient insoluble par l'exposition de l'eau à l'air; 3° des traces d'arsenic, qui se précipitent entièrement avec le dépôt ferrugineux par le contact de l'air. On en constate seulement la présence, en soumettant à l'analyse une grande quantité de dépôts ocracés; 4° du cuivre, en quantité impondérable; 5° de l'azote, de l'acide carbonique et peu d'oxygène; 6° enfin, une petite quantité de chlorures, de sulfates et de carbonates alcalins et terreux.

Une autre source, située près de la grille du jardin, dans le même fossé, diffère de la première par une moindre proportion de fer et par une quantité plus considérable de matière organique. Le goût sulfureux qu'on lui attribue n'est dû qu'à la décomposition de cette matière organique. C'est une dérivation de la première source qui, dans son parcours souterrain, perd une partie de son principe ferrugineux et se charge de matière organique.

La minéralisation des sources de Trianon tient donc seulement à la réduction, par les matières organiques du sol, de l'oxyde de fer que celui-ci contient; il y a production d'acide carbonique par le carbone de ces matières et de l'oxygène de l'air dissous dans l'eau.

L'eau des fossés de Trianon fume pendant les gelées comme les eaux de source, et ne gèle jamais; elle est incolore et transparente; sa saveur est douce et ferrugineuse; sa température est toujours inférieure de plusieurs degrés à la température extérieure, mais elle n'est pas constante et varie avec cette dernière. Son écoulement est variable, on l'a vu de quatre litres en 45 secondes, en 105 et même 116 secondes; à un autre moment de un litre en 35 et en 85 secondes. Quand il a plu et que le temps est humide, cet écoulement est plus considérable; il est ordinairement plus abondant au printemps, plus rare et parfois intermittent en automne. En été, on a vu la source tarir, mais rarement.

Dans un vase hermétiquement fermé, au bout de cinq ou six jours, il se forme un léger dépôt ocreux qui se précipite avec dégagement d'acide carbonique, lequel se condense au goulot de la bouteille.

L'eau de Trianon bien filtrée peut rendre quelques services; mais si l'on en abuse elle produit des coliques et de la diarrhée, contrairement à l'action ordinaire des eaux ferrugineuses, à cause de la matière organique abondante qu'elle renferme. Dans les cas légers d'embarras gastrique, de chloro-anémie, elle peut être utilisée; mais son expérimentation est assez difficile, car il faudrait, pour bien l'apprécier, l'administrer seule et en faire la base d'un traitement.

A l'Est de Versailles, dans la plaine de Porchefontaine, il existait autrefois un étang qui a disparu sous la Révolution; il recevait les eaux du côteau de Viroflay qui borde Versailles de ce côté. Ces eaux coulent maintenant dans une petite rivière et se déversent dans le rû de Marivel. Près de la ferme, dans le fossé qui longe le mur, se trouve une source ferrugineuse, aujourd'hui solitaire et délaissée, mais qui eut jadis ses jours de réputation et de prospérité. Ainsi, vers 1740, Bouillac, médecin des Enfants de France, en ordonna l'usage aux trois sœurs aînées du Dauphin; en 1748, au retour des campagnes de Louis XV, elle eut une nouvelle vogue à la cour; vers 1765, on voit encore les buveurs d'eau s'y rassembler, et pour la dernière fois, en 1785 et 1786. Une des causes de son discrédit fut, dit-on, la supercherie de son propriétaire, qui, pour augmenter sa minéralisation, fit enfouir dans son voisinage une certaine quantité de vieilles ferrailles. La fraude ayant été découverte, la source fut abandonnée par les buveurs.

L'eau minérale de la source de Porchefontaine ressemble beaucoup à celle de Trianon par sa composition ; elle contient de 0,03 à 0,05 centigrammes par litre de carbonate de fer, des traces de chlorures et de chaux, plus une quantité notable de matières organiques. Elle est entourée de boues ocracées qui révèlent de suite au promeneur le caractère ferrugineux des eaux limpides et froides qui coulent dans le fossé avec plus ou moins d'abondance selon les saisons.

En quittant cette source, si l'on continue la promenade jusqu'à l'entrée du bois, on trouve bientôt, au pied du coteau de Viroflay, sous un charmant et frais couvert, une source d'eau claire et limpide, assez abondante pendant une partie de l'année, c'est la *Fontaine des Nouettes*, dont l'eau potable provient de l'infiltration des eaux de pluie à travers les sables du côteau. Dans la belle saison, elle est souvent le rendez-vous de compagnies qui viennent y déjeuner ou y dîner sur l'herbe. La naïade qui préside à ses eaux fraîches et pures pourrait y répéter de bien joyeux propos de la jeunesse et du printemps.

Au SUD de Versailles, les eaux de pluie que reçoit le côteau Satory, viennent former des sources qui alimentent la *Pièce d'eau des Suisses.* A la création du potager de Versailles par La Quintinie, en 1678, Mansart désigna cet emplacement pour recueillir toutes les eaux de ce côté de la ville ; un aqueduc fut construit pour les amener dans ce vaste réservoir. Il fut creusé par le régiment suisse de Surbeck, de 1673 à 1683, et il coûta 382,319 livres. Sa surface est de 13 hectares, sa longueur de 617 mètres, sa largeur de 213 mètres et son périmètre de 1 kil. 617 mèt. Outre les sources qui s'y trouvent et les eaux du côteau qui s'y rendent, elle reçoit encore les eaux de quelques bassins du parc et celles du fossé qui borde l'orangerie. A cause de ses sources, il est rare de voir sa surface entièrement gelée pendant les hivers rigoureux, et il n'est pas sans danger de la parcourir quand la glace semble la recouvrir entièrement.

L'eau qu'elle contient devrait être de bonne qualité, comme les eaux pluviales ayant traversé des couches sablonneuses ; et, en effet, de nombreux animaux y ont été abreuvés à plusieurs reprises, sans qu'on en ait observé des résultats fâcheux ; par exemple, pendant deux concours régionaux qui se sont tenus sur ses bords. La quantité d'eau qu'elle fournit n'est pas sans importance, car en 1858, pendant les travaux de la nouvelle machine hydraulique de Marly, alors que les étangs fournissaient eux-mêmes peu d'eau à la ville, on eut recours à la pièce d'eau des Suisses : deux fois par jour, les chevaux de la garnison, au nombre de plus de 3,000, y vinrent boire dans des auges placées le long du bord; de nombreux tonneaux y puisèrent chaque jour l'eau nécessaire aux particuliers, aux établissements d'horticulture, de bains, de blanchisseries. Pendant toute une année, la pièce d'eau des Suisses suffit à cette importante consommation sans que son niveau se soit sensiblement abaissé, et cela malgré la sécheresse observée cette année-là. On songeait même à faire concourir, à l'aide d'une machine élévatoire, l'eau de cette pièce d'eau à l'arrosement des rues, places et avenues; mais la rapidité avec laquelle furent exécutés les travaux de Marly rendirent ce projet inutile.

Le débit des sources de la pièce d'eau des Suisses est assez important, en effet, pour maintenir son niveau à peu près constant; jaugé le 25 mai 1875, il a donné 120 mètres cubes en vingt-quatre heures, c'est-à-dire presque le rendement des sources nord de Versailles; et en juillet 1876, pendant une très forte sécheresse, le niveau de l'eau ne s'est abaissé que de $0^m,09$ en vingt-huit jours. Le trop-plein de la pièce d'eau s'écoule par superficie dans le grand égout sud de Versailles.

La pièce d'eau des Suisses peut donc être une ressource précieuse; malheureusement sa salubrité paraît aujourd'hui compromise par le mauvais état dans lequel se trouve le bassin. M. Rabot résume ainsi les analyses faites par lui à diverses époques :

	1858	1865	1876
GAZ DISSOUS DANS L'EAU.	Air. Acide carbonique.	Air. Acide carbonique.	Air. Acide carbonique. Ammoniaque. Acide sulphydrique.
Oxygène	non dosé.	non dosé.	$3^{cc}10$
—	—	—	—
Sulfates.	0,623	0,606	0,605
Carbonates	0,209	0,280	0,285
Chlorures, sulfures.	1,030	0,018	0,027
Nitrates.	0,000	0,000	0,031
Silice. . . . . Oxyde de fer.	0,126	0,118	0,120
Matière organique	0,102	0,313	0,330
Total.	1,090	1,335	1,398

On voit que les chlorures, les nitrates et les matières organiques ont augmenté dans une proportion considérable. L'eau prise à la surface contient 3^{cc},10 d'oxygène par litre, mais dans les couches profondes il n'y a plus que de l'azote et de l'hydrogène sulfuré.

Aussi quand le génie militaire, en 1876, choisit la pièce d'eau des Suisses pour y faire des expériences explosives, il détermina l'infection du quartier Saint-Louis, laquelle pénétra jusque dans la Chambre des députés. Depuis, pendant les fortes chaleurs de l'été, des émanations malsaines ont donné lieu à des plaintes vainement renouvelées. C'est que la pièce d'eau n'a jamais été curée à vif, et qu'une seule fois, il y a plus de trente ans, un seul curage a été exécuté sur ses bords : aussi la vase s'y est accumulée à la longue ; des sondages nombreux ont montré qu'il y en avait en moyenne 0^{m},38. Cette vase, si on l'agite, empoisonne l'eau et cause des dégagements d'azote, d'hydrogène sulfuré et d'ammoniaque ; les poissons qui y vivent ordinairement sont tués et l'oxygène qu'elle peut contenir disparaît. Ses bords devraient être régularisés et gazonnés ; ils devraient être curés et entretenus avec soin ; on s'est même demandé s'il n'était pas temps de songer à un curage complet. Il est vrai qu'il s'agit d'un cube de vase considérable qu'il faudrait transporter à une assez grande distance, ce qui causerait une dépense importante. Ce curage causerait une infection bien plus grande que celle qui existe, mais qui ne serait pas permanente et pourrait être combattue par des désinfectants. On a ajouté, plus on attendra et plus le mal ira en grandissant.

Les végétations microscopiques qui se succèdent dans la pièce d'eau des Suisses, depuis qu'elle est abandonnée à elle-même, finiront peut-être par l'assainir. C'est une solution plus simple et moins dispendieuse, sur laquelle nous reviendrons.

A l'ouest de Versailles, les eaux du parc se réunissent dans *le canal* où se trouve quelques sources. Avant les travaux de Louis XIV, c'était un étang qu'on voulait faire disparaître ; Le Nôtre s'y opposa et donna le plan de cette grande étendue d'eau qui complète si admirablement, de ce côté, la vue des jardins.

On commença à creuser le canal en 1668, mais c'est seulement en 1672 que les deux bras étendus de Trianon à la Ménagerie, vinrent le compléter. Le canal proprement dit a 1,670 mètres de long sur 64 mètres de large ; ses deux bras ont 1,081 mètres de longueur. Sa surface est de 23 hectares, et son périmètre, entouré d'une avenue si fréquentée dans la belle saison, est de 5,570 mètres. Le total des dépenses qu'il a occasionnées s'est élevé à la somme de 1,067,059 livres.

Quant à ses eaux, elles ne concourent ni à l'alimentation de la ville ni aux besoins du domaine de Versailles. Elles sont fournies par la plupart des bassins du parc, comme nous le verrons bientôt. Elles se déversent dans le rû de Gally, qui les conduit à la Mauldre, et de là elles se jettent dans la Seine. Au début des travaux hydrauliques de Versailles, les eaux sortant des jardins étaient reprises par des pompes et des moulins à vent, et ramenées dans les réservoirs du château ; c'était certes une façon ingénieuse, dans ces temps de pénurie, d'alimenter les réservoirs; de même que dans les cirques défilent plusieurs fois les soldats que le spectateur a déjà admirés. On n'en est plus là depuis longtemps, grâce aux réserves des étangs ; et, aujourd'hui, grâce à la puissance de la nouvelle machine de

Marly. Nul doute même que, si la capacité des réservoirs du parc pouvait être augmentée, ou si le système hydraulique des jardins pouvait être mis directement en communication avec les sources puissantes qui nous alimentent, le jeu des eaux pourrait être continu, et le rêve de Louis XIV enfin réalisé.

VI. — Les Eaux du Parc.

Ce serait un oubli, qu'on peut reprocher à trop de biographes ou d'écrivains qui se sont occupés de Versailles, de ne pas commencer par dire, à propos du système hydraulique du parc de Versailles, au moins quelques mots des Francines, qui furent les inventeurs des *Eaux de Versailles*, et d'abord de la célèbre grotte de Téthis; leur nom est inconnu non seulement des nombreux visiteurs qui admirent chaque année leur œuvre, mais peut-être d'un grand nombre de Versaillais.

Le premier, Francini dit de Francine, était un ingénieur italien, né à Florence en 1570. Il fut amené en France par Marie de Médicis et chargé par Henri IV des embellissements du château neuf bâti par lui à Saint-Germain. C'est ce Francine qui établit tous les jeux hydrauliques des grottes, sous les terrasses, qui étaient au nombre de trois : celle de Neptune et de la Nymphe, dans laquelle se trouvait un orgue jouant par le moyen des eaux; celle d'Orphée et de Persée, et celle des Flambeaux, ainsi nommée parce qu'elle ne pouvait être vue qu'aux lumières. Toutes trois étaient incrustées de coquillages, de pierres de couleur et ornées de statues de marbre, de lustres et de girandoles (Le Roi). — Francine transmit sa charge à son fils François, sieur de Grandmaison, qui fut d'abord maître d'hôtel ordinaire du roi, ingénieur, puis intendant général des fontaines, grottes, monuments, aqueducs, artifices et conduites des maisons, châteaux et palais de Paris, Saint-Germain, Fontainebleau et Vincennes. Il mourut à Paris, rue des Prouvaires, le 24 novembre 1688, à l'âge de soixante-onze ans (P. Clément). Il fut plusieurs fois chargé par Colbert de travaux hydrauliques importants. Mais ce fut surtout son fils Pierre de Francine, nommé plus tard comte de Villepreux par Louis XIV, qui fut chargé de la distribution des eaux dans le parc de Versailles et de leurs nombreux effets. Tout d'abord il installa la pompe ou tour d'eau qui puisait dans l'étang de Clagny, et il aménagea les eaux de la grotte de Téthis. Il fut guidé par son père dans ses premiers travaux, car en 1664 il était encore fontainier à Fontainebleau, avec le titre d'ingénieur pour le mouvement des eaux et ornements des fontaines de Sa Majesté. Les deux Francines étaient secondés à Versailles par Claude Denis, maître fontainier, spécialement chargé de l'entretien des tuyaux de plomb et des fontaines de Versailles, avec le titre de commandant des fontaines de la ville et des parcs.

C'est en 1673 que Pierre de Francine doubla le chapelet de la pompe qui reprenait l'eau des parterres pour la ramener dans le réservoir de la Grotte; c'était pour alimenter le réservoir, une façon ingénieuse qui ne manqua pas d'exciter l'admiration. Le roi était alors occupé à conquérir la Franche-Comté; prévenu par

Colbert, il répondit : « Je serai très ayse en arrivant, de trouver Versailles dans l'état que vous me mandez. Songez surtout aux pompes; si la nouvelle jette 120 pouces d'eau, cela sera admirable. » En même temps que la *grotte de Téthis*, près de la pompe, Pierre de Francine fit deux bosquets à surprises qui furent bien vite oubliés. Le premier, le *Pavillon d'eau*, disparut en 1677 pour faire place à l'Arc de triomphe; le second, *les Berceaux d'eau*, fut remplacé en 1680 par le bosquet des Trois-Fontaines; ils se trouvaient à gauche et à droite en montant l'Allée d'eau. C'est en 1688 que les *bassins de Latone* et *d'Apollon* reçurent, avec les groupes qui les décorent toujours, leurs jeux hydrauliques; et c'est en 1669 et en 1670 que la *fontaine de la Pyramide*, *la nappe d'eau* et *l'allée d'eau*, exécutées d'après les dessins de Claude Perrault, reçurent leurs effets d'eau de Pierre de Francine. En 1672, le *Marais d'eau* fut réalisé d'après un dessin de Mme de Montespan, dans un des coins du petit bois qui garnissait l'emplacement actuel des Bains d'Apollon; et le *Théâtre d'eau*, fut édifié là où existe le Rond-Vert. En 1673, le fameux *Labyrinthe*, délices du roi et de Marie-Thérèse, fut dessiné et garni de ses trente-neuf fontaines, il est devenu depuis le bosquet de la Reine; et la *salle des Festins* ou du *Conseil*, fut créée à l'endroit où plus tard fut élevé l'Obélisque, bassin qu'on nomme communément les Cent-Tuyaux, quoiqu'il en compte 283. C'est encore dans la même année, qu'on installa les *fontaines des Quatre-Saisons* ou de Flore, de Cérès, de Bacchus et de Saturne, qui ornent les deux allées parallèles au Tapis-Vert. L'*Isle royale ou Isle d'amour*, devenue le Jardin du Roi, est de 1675, ainsi que le *bassin d'Encelade*, et le bosquet de la *Renommée* ou *des Dômes* est de 1678. Le Nôtre, à son retour d'Italie, en 1680, donna le plan de *la salle de Bal;* et la *pièce de Neptune*, telle qu'elle existait sous Louis XIV, fut encore dessinée par Le Nôtre en 1682. Enfin *la Colonnade* élevée sur l'emplacement d'un ancien bosquet nommé les Sources-d'eau, et *les dômes* de la salle de la Renommée furent construits en 1687 par Mansard.

Tous les jeux hydrauliques de ces divers bassins, fontaines et bosquets, plusieurs fois transformés, furent successivement établis par Pierre de Francine, dans l'espace d'environ vingt-cinq années. Un grand nombre d'entre eux ont disparu : ainsi la grotte de Téthis, pour faire place à la chapelle du château ; le Labyrinthe, au bosquet de la Reine l'Isle royale, au Jardin du Roi. Le bosquet des Dômes est tombé en ruines, ainsi que les bosquets de l'Arc de triomphe et des Trois-Fontaines; le Théâtre d'eau a fait place au Rond-Vert, et la Montagne d'eau à l'Etoile ; tous sont sans effets d'eau aujourd'hui.

On peut facilement estimer que les jardins de Versailles ont perdu plus de la moitié des effets hydrauliques qui les ont rendus célèbres ; et malgré cela ils attirent toujours, chaque année, une foule de visiteurs étrangers qui s'en retournent émerveillés des spectacles incomparables des *grandes eaux de Versailles*, chef-d'œuvre d'hydraulique, unique au monde.

Aujourd'hui le nombre des jets d'eau du parc est de 607 ; celui des bassins, fontaines et réservoirs, de 51 ; et la canalisation en tuyaux de fonte ou de plomb ne mesure pas moins de 20 kilomètres. — Le développement des conduites des Trianons est d'environ 10 kilomètres.

Autrefois, les effets d'eau du parc jouaient partiellement tous les jours, ce qu'on nommait l'*ordinaire* ou les petites eaux; et dans leur ensemble, tous les dimanches et fêtes, ce qu'on appelait l'*extraordinaire* ou les grandes eaux. — Aujourd'hui le jeu des petites eaux a été supprimé et le jeu des grandes eaux a lieu le premier dimanche de chaque mois, de mai à octobre inclusivement. La dépense d'eau, pour chaque fois, est de 10,000 mètres cubes environ; à 15 centimes le mètre cube, prix de revient, cela représente donc une dépense de 1,500 francs.

Pour se rendre compte de la succession des eaux jaillissantes dans le parc, il est nécessaire d'indiquer la hauteur respective de ses différents bassins.

En prenant le Parterre d'eau, point culminant du parc, comme point de départ, le bassin de l'Orangerie, au midi, est à 19^{m},50 et la pièce d'eau des Suisses à 22^{m},75 au-dessous de ce parterre.

Au couchant, le bassin de Latone est à 10^{m},50, le bassin d'Apollon à 30^{m},25 et le Canal à 32^{m},50 au-dessous du Parterre d'eau. — Le bassin de Cérès est à 15 mètres, le bassin de Flore à 22^{m},40, le bassin de Bacchus à 17^{m},20, et le bassin de Saturne à 23^{m},65 au-dessous de ce même parterre.

Au nord, le bassin de la Pyramide est à 7^{m},45, le bassin du Dragon à 18^{m},50 et le bassin de Neptune à 21^{m},30 au-dessous du Parterre d'eau. — Le bassin de l'Obélisque est 24^{m},50 et le bassin d'Encelade à 27 mètres au-dessous du Parterre d'eau.

Avec ces hauteurs, on peut calculer d'avance l'élévation des jets des principaux bassins, étant donné le réservoir qui les dessert et en tenant compte de la résistance de l'air.

Voici maintenant la succession des eaux jaillissantes:

Le *Château d'eau* peut recevoir toutes les eaux qui alimentent Versailles. Il est situé au coin de la rue du Peintre-Lebrun, là où est le Service des Eaux. Il doit son nom à un grand réservoir posé en haut de l'édifice, sur un plancher en charpente supporté par 30 piliers de pierre. Il contient 1,188 mètres cubes d'eau. Quand les eaux jouent, il se vide en 41 minutes et se remplit en 39. Le château d'eau fournit d'abord les gerbes de 9 mètres de hauteur aux deux bassins du Parterre d'eau, et les deux cabinets du Point-du-Jour et de Diane; puis les gerbes des deux bassins du parterre du Midi, lesquelles fournissent comme second effet d'eau, le jet de l'Orangerie. Du château d'eau partent encore le jet de 27 mètres de hauteur du bassin du Dragon, et les eaux jaillissantes supérieures des Bains d'Apollon.

Du Parterre d'eau, comme deuxième effet, viennent les six jets du Berceau de Latone, les huit grands jets de Neptune et ceux du Dragon à l'ouest. Des deux cabinets sortent les deux gerbes latérales de Latone. Puis, deux grands réservoirs qui sont sous le Parterre d'eau, desservent la cascade de la salle de Bal, les 66 lances de Latone et les deux gerbes de son parterre, enfin les deux bassins du parterre du Nord et la fontaine de la Pyramide.

Comme troisième effet d'eau, du bassin de Latone sortent le jet de la fontaine de Bacchus, les jets du bassin du Miroir, les trois grosses gerbes du bassin d'Apollon, les grands bouillons d'Encelade et deux rangs de l'Obélisque. C'est de la fontaine de la Pyramide que viennent le jet de la fontaine de Cérès, tous les bouillons des cuvettes de l'Allée d'eau et le jet du Dragon pour l'or dinaire ou de 10 mètres.

Comme quatrième effet d'eau, de la fontaine de Bacchus partent les jets de la fontaine de Saturne, de la Colonnade et de la Salle des Antiques; et de la fontaine de Cérès, la gerbe de la fontaine de Flore qui fournit à son tour (cinquième effet) les chevaux du bassin d'Apollon.

Quant aux *réservoirs de l'Aile* ou de l'Opéra, ils contiennent 5,877 mètres cubes. Leurs eaux arrivent, à volonté, des bassins de Gobert ou de ceux de Montbauron. Ces réservoirs fournissent la pièce de Neptune et les jets secondaires du Dragon à l'est, le centre de l'Obélisque et le grand jet d'Encelade.

Il résulte de cet exposé, que la fontaine de Latone, par exemple, reçoit d'abord ses six grands jets du Parterre-d'Eau, ses soixante-six lances des réservoirs de la Terrasse, ses deux gerbes latérales des cabinets de Diane et du Point-du-Jour. Les Bains d'Apollon reçoivent directement leur haute chute du Château d'eau, et l'eau du rocher des réservoirs de l'Aile. De là, ces eaux s'écoulent dans le bassin des Jambettes. La pièce de Neptune reçoit ses huit grands jets du Parterre-d'Eau et le reste des réservoirs de l'Aile. L'Obélisque reçoit son jet central des réservoirs de l'Aile, deux de ses rangs du bassin de Latone et son dernier rang du bassin des Jambettes. Le grand jet d'Encelade vient des réservoirs de l'Aile, ses grands bouillons du bassin de Latone et ses bouillons bas des Jambettes. Enfin, les trois gerbes du bassin d'Apollon viennent du bassin de Latone; les autres des bassins des Lézards, du parterre de Latone; et les chevaux d'Apollon, de la fontaine de Flore.

Voici maintenant comment la masse d'eau employée pour le jeu des grandes eaux, sort du parc : L'eau du bassin de l'Orangerie s'écoule dans l'égout du quartier

Sud de Versailles; l'eau de la fontaine de Saturne s'écoule dans le bassin d'Apollon et dans le Canal; l'eau de la fontaine de Flore, de l'Obélisque et de l'Encelade se rend également dans le bassin d'Apollon et de là dans le Canal. Les eaux de la Salle de Bal, de la Salle des Antiques, ainsi que celles de la pièce de Neptune s'écoulent dans l'égout du quartier Nord de Versailles.

Telle est, aussi brièvement que possible, la disposition des divers effets d'eau du parc; il nous a paru intéressant de l'indiquer dans un travail sur les eaux de Versailles. Car si ces eaux ne concourent pas à l'alimentation de la ville, elles contribuent à sa renommée et à sa fortune. Aussi devons-nous souhaiter qu'on veille sur elles avec un soin jaloux, comme nous devons désirer voir relever les bosquets en ruines qui déparent le parc. Non qu'il convienne d'imiter aujourd'hui les créations dispendieuses de Versailles, mais parce qu'il y a un intérêt historique et artistique à les entretenir et à les conserver; parce que Versailles est aujourd'hui comme autrefois une des merveilles du monde; que son palais a mérité d'être le temple de nos gloires nationales, et qu'il fait partie lui-même, ainsi que son parc, des gloires et des richesses de la France.

VII. — **Distribution et consommation des Eaux à Versailles.**

Le service des eaux dans Versailles est fait par cinq réservoirs d'approvisionnement dont nous avons déjà donné la contenance, savoir : *Le réservoir de Picardie* qui communique avec *les deux réservoirs de Montbauron*, où il donne l'eau de Seine. Ces derniers reçoivent encore, venant du carré de Trappes, les eaux du réseau supérieur des étangs. *Les deux réservoirs de Gobert* emmagasinent surtout les eaux du réseau inférieur, par le carré de Saclay. Pendant toute l'année, ces cinq réservoirs sont maintenus autant que possible à hauteur de superficie, afin qu'il y ait toujours un courant; leur contenance totale est de 174,242 mètres cubes. Si l'on rétablissait les deux réservoirs de Montbauron qui ont été aliénés, la réserve des eaux dans Versailles pourrait être de 290,025 mètres cubes. La machine de Marly et les étangs permettraient d'emmagasiner bien davantage, puisque la première peut fournir 7,300,000 de mètres cubes par an, et que les étangs donnent un rendement moyen disponible de 1,500,000 de mètres cubes.

Des réservoirs de Montbauron ou de Gobert partent le service du *Château d'eau* et presque tout le système de distribution de la ville; les réservoirs de Gobert font le service des *deux réservoirs de l'Aile ou de l'Opéra* et la distribution des parties basses de la ville.

La canalisation des eaux dans Versailles est située dans le sous-sol des rues et des avenues; elle a 54 kil. 382 mèt. de longueur, en maîtresses conduites de différents diamètres. Celles-ci distribuent un mélange d'eau de Seine et d'eau d'étangs, réglé au mieux par le Service des Eaux et réparti en quantité constante sur les divers points de la ville.

La quantité d'eau consommée quotidiennement varie entre 7 et 10,000 mètres cubes; on peut la chiffrer en moyenne à 3,000,000 de mètres cubes par an. En égard à la quantité d'eau qu'elle a à sa disposition en temps normal, on voit quelles demandes le Service des Eaux pourrait satisfaire; il pourrait facilement distribuer le double de ce qu'il donne aujourd'hui dans toutes les communes qu'il dessert.

La consommation des eaux dans Versailles peut se diviser en deux groupes : celle qui est fournie gratuitement, et celle qui paie une redevance.

L'eau est donnée gratuitement :

Au service des palais, parcs et jardins.	340,054 m. c.
Au service des eaux, pour le jeu des eaux.	80,000
Au service militaire.	96,680
A la ville de Versailles	379,149
Total.	895,883 m. c.

L'eau payante s'élève à 1,350 concessions : 1,290 concessions à 100 francs, desservies par deux systèmes de robinets, un ancien (775 concessions), un nouveau portant souche à incendie (515 concessions); ce dernier s'ajoutant aux 72 souches réglementaires de la ville.

Concessions	745,532 m. c.
La ville de Versailles (à prix réduits) .	107,066
Particuliers (à prix réduits)	27,740
Ponts et chaussées	16,000
Total.	896,338 m. c.

La quantité d'eau distribuée s'élève donc à Versailles à 1,792,221 m. c., en ajoutant l'eau gratuite à l'eau payante.

On peut déjà remarquer que la moitié de l'eau distribuée à Versailles ne paie rien à l'Etat. Il est vrai que, si l'on exigeait pour cette énorme quantité d'eau une redevance de 0 fr. 15 c. par mètre cube, l'Etat paierait au Service des Eaux, qui lui appartient, pour l'eau distribuée dans les palais, parcs et jardins, pour le jeu des eaux et pour le service militaire, une somme importante, qu'il se paierait ainsi à lui-même ; mais il faut que l'Etat tienne compte alors au Service des Eaux de cette dépense, qui peut être considérée comme un énorme bénéfice. Quant à la ville, elle reçoit chaque année, 379,149 mètres cubes représentant 56,872 fr., d'eau qui lui est délivrée gratuitement. Quelle société industrielle, exploitant le service des eaux, pourrait être aussi généreuse? Aussi y a-t-il lieu de s'étonner des plaintes qu'on a formulées souvent avec tant de légèreté, parce qu'on ne s'est pas rendu compte du service rendu à la ville, par l'Etat qui veut surtout couvrir ses dépenses. Si maintenant la ville jouit d'un pareil privilège, il ne faut pas trop s'en étonner en songeant aux conditions spéciales dans lesquelles elle a été créée et sur lesquelles nous avons insisté précédemment.

Nous avons dit que le Service des Eaux devait fournir annuellement à la consommation 3 millions de mètres cubes par an. Versailles absorbe sur cette quantité 1,792,221 mètres cubes. Les communes suburbaines de Marly, Louveciennes, Rocquencourt et du Chesnay, reçoivent l'eau aux mêmes conditions que Versailles; comme celles de Saint-Cloud, Ville-d'Avray, la Celle-Saint-Cloud, Garches, Marnes et Sèvres, canalisées en 1859 et 1860. Mais à cette consommation il faut ajouter les pertes dues à l'évaporation, aux filtrations, à l'eau qui sert journellement à faire des chasses pour le nettoyage des tuyaux de distribution, à l'eau distribuée en surplus, aux dépenses qu'on nomme gaspillage; car pour avoir un seau d'eau, on en tire souvent deux. La perte due à ces diverses causes représente le tiers de la consommation générale, soit un million de mètres cubes pour le Service des Eaux ; cette perte est proportionnellement égale à celle du Service des Eaux de la ville de Paris.

Quant à savoir maintenant quelles sont les quantités d'eau de Seine et d'eau d'étangs consommées? Elles sont très variables, selon la quantité et la qualité de ces deux sortes d'eaux, qu'on mélange au mieux. D'ailleurs, le prix de revient est le même pour l'eau de Seine que pour l'eau d'étangs.

Si l'on veut se rendre compte du prix de revient : le budget du Service des Eaux est d'environ 350,000 fr. par an, en ne tenant compte ni des frais de premier établissement, ni des travaux extraordinaires, ni des réparations un peu importantes; cela mettrait, pour 3 millions de mètres cubes, le prix du mètre cube à un peu plus de 0 fr. 10 c. Il est généralement considéré comme étant de 0 fr. 15 c., afin de créer un fond pour les travaux extraordinaires d'entretien, de réparation ou d'amélioration, fond nécessaire dans un service aussi complexe et aussi étendu que le service des eaux de Versailles.

Ce prix est aussi bas à Versailles, parce que pour jouir de tous les divers systèmes hydrauliques, il n'y a pas de capital à amortir et d'intérêts à servir; parce que les Listes civiles ou l'Etat ont toujours acquitté les dépenses nécessitées par la création ou les grands travaux d'entretien des différents systèmes hydrauliques. Si maintenant le budget du Service des Eaux est difficile à équilibrer, c'est que la moitié des eaux distribuées est donnée gratuitement, et que l'autre moitié doit être vendue à un prix modique aux concessionnaires, à cause de la situation exceptionnelle et privilégiée dans laquelle les habitants se trouvent, par le fait de la fondation même de Versailles, qui oblige l'Etat aux égards qui lui incombent comme héritier de Louis XIV et de ses successeurs.

Depuis 1874, époque à laquelle le prix des concessions a été fixé à 100 francs pour la distribution indistincte des eaux de Seine ou d'étangs, les établissements départementaux, tels que la préfecture, l'évêché, les tribunaux, les prisons, la gendarmerie, l'Ecole normale, plus les églises Saint-Louis et Notre-Dame, les bureaux de bienfaisance, les écoles congréganistes, paient à l'Etat une redevance à prix réduit.

Quant à la ville, si elle paie aussi au prix réduit de 5, 10 et 20 francs par an, pour 107,066 mètres cubes; nous avons dit qu'elle recevait gratuitement 379,149 mètres cubes. Sa consommation s'élève donc aujourd'hui à 486,215 mètres cubes, ainsi répartis :

Hôtel de Ville.	365 m. c.
Théâtre.	730
Bibliothèque	365
Marché Notre-Dame.	5,410
Lavoirs publics.	5,400
Abattoirs.	24,000
Abreuvoirs.	4.500
Hôpital civil.	35,000
102 bouches d'arrosement. .	30.000
Colonnes d'arrosement. . . .	5,760
44 fontaines publiques. . . .	342,200
Ecoles et octrois.	5,110
68 urinoirs.	24,820
A reporter.	483,660 m. c.

Report. . . .	483,660 m. c.
Fontaine du Marché aux fleurs.	1,460
Place des voitures.	365
Cimetière Notre-Dame. . . .	365
Cimetière Saint-Louis. . . .	365
Total égal.	486,215 m. c.

Pour évacuer toutes ses eaux la ville a un réseau d'aqueducs de 31,833 mètres de longueur. Il se compose d'un premier réseau de 8,765 mètres de tuyaux collecteurs de grès de 30 centimètres de diamètre, affecté à l'écoulement des eaux ménagères et au drainage des propriétés riveraines. Ce réseau aboutit à un second réseau de 23,068 mètres de pierrées et d'aqueducs de 1 mètre à $1^{m},50$ de largeur, sur 1 mètre à 2 mètres de hauteur, qui reçoit encore 461 bouches d'égouts sous trottoirs.

Deux grands collecteurs, l'un au sud et l'autre au nord de la ville reçoivent ces égouts, et se réunissent à la tête du canal, dans un carré de réunion qu'on peut considérer comme la naissance du rû de Gally, qui va se jeter dans la Mauldre au-dessous de Beynes, laquelle se jette à son tour dans la Seine près d'Epône. A l'est de la ville, une très faible quantité d'eau se déverse dans le rû de Marivel, qui se rend directement dans la Seine au-dessus du pont de Sèvres. De sorte que Versailles, comme Paris, jette ses eaux d'égout dans la Seine, sans songer à les purifier; la ville concourt ainsi à l'infection des eaux du fleuve, infection dont elle souffre et dont elle se plaint. Aussi n'a-t-elle jamais été écoutée, et il est à craindre qu'il en soit ainsi, tant qu'on n'aura pas épuré les eaux au carré de réunion de Gally comme le réclame le conseil d'hygiène de Seine-et-Oise depuis nombre d'années, et tant qu'on déversera dans le rû de Marivel les eaux vannes de la voirie de Picardie.

A diverses reprises, des compagnies industrielles ont cherché à se substituer à l'Etat, en demandant à effectuer le service des eaux de Versailles. Heureusement toutes les tentatives faites jusqu'à ce jour ont échoué. Le département, la ville et les habitants de Versailles n'auraient rien à y gagner; car une compagnie chercherait avant tout à réaliser des bénéfices, sans trop se préoccuper de l'entretien ou de l'amélioration du service; sans se soucier des droits acquis ou de la situation exceptionnelle dans laquelle nous nous trouvons. Quant à l'Etat, qu'y gagnerait-il, aujourd'hui que tous les systèmes hydrauliques sont reconstitués et fonctionnent bien et qu'il n'y a pas de grands travaux à exécuter? Il serait lié par des engagements dont il ne pourrait se dégager que par des sacrifices considérables. Peut-on prévoir les besoins futurs d'une ville? Pouvait-on songer, par exemple, aux camps nombreux qui sont venus s'établir sous Versailles il y a quelques années? Sans compter que le Service des Eaux fait partie intégrante du domaine de Versailles; l'en distraire, c'est le mutiler, ce domaine, lui faire courir des risques imprudents. Livrer à l'industrie le service des eaux, qu'on peut, si l'on veut, considérer comme un service de luxe pour l'Etat, c'est comme si l'on affermait la manufacture de Sèvres, des Gobelins ou de Beauvais. Ce serait amoindrir le capital historique, artistique et justement vanté de la France.

LA QUALITÉ
DES
EAUX DE VERSAILLES
EN 1879 ET 1880.

PAR MM.

GÉRARDIN, docteur ès sciences, agrégé de l'Université.
GAVIN, inspecteur du Service des Eaux de Versailles.
REMILLY, médecin de l'Hôpital civil de Versailles.

I

La qualité des eaux qui alimentent Versailles intéresse trop vivement l'administration et les habitants de la ville pour que ce travail ne soit pas favorablement accueilli.

Nous avons étudié cette question en 1879 et 1880, avec le bienveillant concours du Service des Eaux. Ses directeurs, M. Dufrayer, et après lui M. Grille, ont bien voulu assister à un grand nombre des analyses que nous allons relater. Qu'il nous soit d'abord permis d'exprimer toute la gratitude que nous leur conservons du concours et des bienveillants encouragements qu'ils nous ont donnés.

Pour apprécier, au point de vue de la qualité, les eaux

des divers systèmes hydrauliques qui alimentent la ville, pour les comparer entre elles, pour les surveiller et se rendre compte de leurs changements, on ne saurait recourir constamment à leur analyse complète. Chaque analyse comprend, en effet, une série d'opérations trop longues et trop délicates; il y a dans les eaux des parties pour ainsi dire invariables, d'autres au contraire qui sont d'une extrême mobilité, telles que celles qui dépendent des causes d'infection que ces eaux peuvent subir. On peut, dans ce dernier cas, se borner à doser l'azote ou l'ammoniaque qu'elles contiennent par le procédé de M. Schlœsing, mais chaque opération demande alors au moins une heure et demie. Au lieu de doser l'azote, il est préférable de doser l'oxygène dissous dans l'eau; car, si l'azote est le produit des décompositions organiques, toute décomposition organique a pour effet de diminuer la quantité d'oxygène dissoute dans l'eau. Quand la matière organique se décompose, son carbone devient de l'acide carbonique, son hydrogène devient de l'eau, son azote de l'acide azotique avec l'aide de l'oxygène emprunté au milieu ambiant. Si maintenant la végétation vient à paraître, elle fixe du carbone emprunté à l'acide carbonique, de l'hydrogène emprunté à l'eau, de l'azote à l'acide azotique, en éliminant de l'oxygène; et alors elle élève le titre oxymétrique de l'eau ambiante. Aussi avons-nous préféré déterminer, pour chaque litre d'eau mis en expérience, le nombre de centimètres cubes d'oxygène dissous, par la méthode classique de M. Gérardin; d'autant que les travaux publiés depuis plusieurs années sur la qualité de l'eau de Seine, dans ses différents biefs en aval de Paris, démontrent la concordance des résultats fournis par le dosage de l'azote et par le dosage de l'oxygène. Cette dernière méthode, très sensible et suffisamment précise, permet de faire facilement un grand nombre d'analyses en peu de temps.

Or, pour surveiller entre elles les diverses eaux du SERVICE INTÉRIEUR de Versailles, il ne faut pas examiner moins d'une quinzaine d'échantillons à chaque séance.

Versailles, en effet, est alimenté par des eaux d'étangs, par des eaux de Seine et par des eaux de sources.

Les étangs qui nous entourent, au sud et au sud-est de la ville, forment deux étages : l'étage supérieur donnant ses eaux à Versailles au *carré de Trappes*, dans l'enclos des réservoirs de Gobert, à 13 mètres au-dessus de ces réservoirs; l'étage inférieur donnant les siennes au *carré de Saclay*, également dans le même enclos.

C'est dans *les deux réservoirs de Gobert* que se fait le mélange des eaux d'étangs. Le carré de Trappes communique avec les réservoirs Montbauron où on mélange l'eau des étangs supérieurs avec l'eau de Seine.

L'aqueduc des eaux de Seine arrive à Versailles à *Picardie;* ces eaux traversent immédiatement les *filtres*, et de là sont déversées dans le *réservoir de Picardie* qui se trouve en face. Un siphon les amène de ce réservoir dans les *réservoirs de Montbauron*, où se fait le mélange avec l'eau des étangs.

C'est ce mélange qui est distribué à la ville et aux concessionnaires.

Pour apprécier la qualité de ce mélange pendant la distribution, nous avons choisi la fontaine de la place Hoche (ouest), qu'il ne faut pas confondre avec la fontaine (est) alimentée par *de l'eau de source*, et la fontaine de la rampe de la chapelle du château, qui est à l'une des exrémités de la distribution des eaux de Versailles.

De sorte que pour étudier la qualité des eaux livrées à la ville, nous avons dû, à chaque séance, surveiller chacun de ces points, afin d'avoir une idée de ce qui se passait dans tout *le service intérieur* de Versailles.

Il y avait encore un grand intérêt, chemin faisant, à étudier les eaux de Seine, depuis le moment où elles sont puisées à Marly par la machine, jusqu'au moment où elles arrivent en ville par l'aqueduc; à surveiller l'eau des étangs qui nous avoisinent le plus; à examiner les eaux des sources qui nous entourent, et à voir ce qui se passe au même moment dans la pièce d'eau des Suisses et le Canal.

C'est ce que nous avons fait, et nous consignons ici les résultats que nous avons obtenus.

Non que nous pensions qu'il faille en tirer des conclusions définitives.

C'est par des circonstances indépendantes de nos volontés que nous avons borné nos recherches aux deux années 1879 et 1880. Il y aurait un intérêt considérable pour la ville à ce que ces études fussent continuées.

A cause de la diversité de leurs origines, les eaux mélangées consommées à Versailles sont, pendant cinq mois de l'année, de qualité très variable, et cette qualité varie encore selon les années; il faudrait donc, pendant un temps bien plus long que celui que nous y avons employé, les observer et noter leurs variations. Bien plus, nous pensons que la création d'un *observatoire hydrologique* serait non seulement très intéressant et très utile, mais qu'il pourrait devenir le point de départ de découvertes importantes, comme, par exemple, l'*amélioration des eaux potables par des cultures microscopiques améliorantes*, telles que le zygogonium, les oscillaires, etc., dont nous avons constaté l'influence considérable sur les eaux ; surtout dans la pièce d'eau des Suisses et le Canal.

Nous le répétons donc, les analyses et les observations qui suivent peuvent servir de point de départ à l'étude de la qualité des eaux de Versailles, mais il ne faudrait pas cependant exagérer les conclusions qu'on peut en tirer. Si nous les publions, c'est à titre de renseignement et avec l'espoir qu'elles seront reprises pour être étendues et complétées.

Cela dit, nous allons étudier successivement *le service intérieur* des eaux de Versailles pendant les années 1879 et 1880.

I

Le tableau qui suit indique, comme tous nos autres tableaux, le nombre de centimètres cubes d'oxygène contenus dans un litre d'eau.

L'observation démontre que l'eau contenant $7^{cc},50$ d'oxygène par litre, d'une façon constante, est une eau potable de bonne qualité ; au-dessous de ce chiffre, qu'elle est de qualité inférieure ; et si le titre oxymétrique descend au-dessous de 3 centimètres cubes, les eaux sont de mauvaise qualité, et cessent d'être potables.

Douze points du service ont été mis en observations : trois pour les eaux d'étangs, cinq pour les eaux de Seine, trois pour les eaux mélangées, un pour les eaux de sources ; plus la pièce d'eau des Suisses.

Année 1879.

SERVICE INTÉRIEUR DE VERSAILLES	30 mars	27 avril	25 mai	22 juin	6 juillet	20 juill.	11 août	9 sept.	23 sept.	5 octob.	19 oct.	2 nov.	30 nov.	14 déc.	21 déc.
Hauteur barométrique.	»	74	»	75	»	74,5	»	»	»	76,5	»	»	»	77	76,3
Température extérieure	»	»	»	»	»	»	»	»	»	»	11°	»	»	—5°5	—0°5
Température de l'eau.	»	13°	16°	20°	18°	19°	19°	18°	16°5	14°2	13°	12°	12°	+9°5	+8°
Carré de Trappes	8,8	5,5	6,8	7	6,8	5,2	4,8	5,4	6	7,4	7,2	7	6,8	13,2	9,2
Carré de Saclay.	9,4	6,2	8,8	7	7,4	2	»	»	6,2	6,4	»	»	»	»	»
Réservoir de Gobert.	10,8	7,6	9	8,7	8	6,3	6	7,2	7,2	6,6	6,8	7,6	7,8	9,6	8
Arrivée de Seine à Picardie. .	10,6	7,3	8	5,7	7,2	2,9	6,3	5	6,2	8,4	6,2	7,2	7,2	11,2	10,2
Compartiments des filtres. . .	»	6,8	8	6	8	3,1	6,6	4,8	6	7,8	6,4	7	7,2	9,2	10
Sortie des filtres.	10	6	8,6	7,2	6,8	3,4	7	5,2	6,4	7,5	6,8	7,1	6,6	9,2	9,2
Réservoir de Picardie.	9,6	7,9	10,8	7,5	8,2	3,9	9	6,6	6	7,2	6,6	6,4	8,6	10,2	8,6
Arrivée de Seine à Montbauron.	11	»	8,8	6,7	6,6	2	7	5	3	8	6	7,1	6,6	8	9,4
Réserv. Montbauron (mélange).	9,4	7,2	9	6,7	6,4	2,1	5,8	4,4	6	6,2	6,2	5,8	6,8	8,8	8
Fontaine place Hoche id.	9,4	6,7	7,6	6,4	6,4	3,8	5,3	4,4	8	7	5,2	7,2	7,2	9,2	9,2
Fontaine place Hoche (source).	10,4	7,3	8,4	6,8	6,8	5,6	6,6	6	7,6	8,6	5,8	6,8	»	»	»
Fontaine rampe de la Chapelle.	»	»	»	5,7	5,6	4,6	5,2	4,4	8	6,4	6,2	6,4	»	»	»
Pièce d'eau des Suisses	»	»	»	8,1	11,6	1,3	»	7	7	6	4,4	6,8	9,2	8	1,6

Voici les remarques que permet de faire ce premier tableau :

Si l'on compare d'abord les eaux d'étangs, au carré d'arrivée de Trappes pour l'étage supérieur, et au carré d'arrivée de Saclay pour l'étage inférieur des étangs, on constate qu'en 1879 elles ont plus travaillé dans ceux-ci que dans les premiers; parce que l'étang de Saclay est beaucoup moins profond que celui de Trappes, et qu'il est dès lors plus sensible aux influences de la chaleur, de la lumière et de la végétation.

Aux réservoirs de Gobert, mélange des eaux d'étangs, l'eau a été de bonne qualité jusqu'au milieu de juillet; mais, à partir de cette époque jusqu'au commencement de novembre, l'eau y a été moins bonne, quoique donnant au moins 6 centimètres cubes, ce qui est un titre suffisant. Dans les deux derniers mois de l'année, l'eau de ces bassins a retrouvé le titre oxymétrique élevé des premiers mois.

L'arrivée de l'eau de Seine à Versailles, par l'aqueduc de ce nom, a donné des résultats très satisfaisants jusqu'à la fin de mai. En juin le titre oxymétrique est tombé à 5,7, pour se relever, au commencement de juillet, à 7,2, et retomber quinze jours plus tard à 2,9, sous l'influence de la réduction des matières organiques dominant l'influence de la végétation. Mais cet état est passager, car en août le titre oxymétrique se relève à 6,3; il tombe à 5 en septembre, et monte de 1,2 à la fin du mois. Au commencement d'octobre, le titre est très satisfaisant; il fléchit de 2,2. A partir du commencement de novembre, l'eau s'améliore pour retrouver à la fin de l'année les titres élevés de l'hiver.

Dans les compartiments des filtres de Picardie, l'eau

de Seine ne subit pas de modifications bien sensibles; elle gagne ordinairement un peu à cause du battage qu'elle subit; parfois, lorsque les filtres ont besoin d'être nettoyés, elle perd de l'oxygène, mais dans des proportions qui n'excèdent pas 1 centimètre cube.

A la sortie des filtres de Picardie, l'eau de Seine voit rarement son titre oxymétrique s'élever, en le comparant à son arrivée par l'aqueduc ; le plus souvent le titre baisse. C'est qu'en général, le filtrage abaisse le titre oxymétrique de l'eau ; mais l'eau filtrée semble avide d'oxygène, comme les eaux de sources. Aussi, comme cela existe à Picardie, les filtres doivent toujours être placés en amont et non en aval des réservoirs de distribution.

Que s'est-il passé, en effet, dans le réservoir de Picardie, en 1879 ? Le titre oxymétrique de l'eau y a été presque toujours supérieur au titre de l'eau de la sortie des filtres ; et cela malgré les influences variables de la végétation ou de la réduction des matières organiques qui paraît avoir agi surtout en septembre, en octobre et au commencement de novembre.

L'arrivée de l'eau de Seine à Montbauron, venant du réservoir de Picardie, donne un titre inférieur à celui de l'eau de ce réservoir pendant presque toute l'année. C'est l'influence du passage de l'eau dans des conduites souterraines. Quand cet abaissement n'a pas lieu, on doit penser qu'il existe dans les tuyaux des touffes d'algues qui modifient plus ou moins le titre de l'eau qui les parcourt, ou encore des mollusques qui l'altèrent, comme la dreyssena polymorpha.

Passons au mélange de l'eau d'étangs qui vient du carré de Trappes, avec l'eau de Seine qui arrive de Picardie, fait au mieux dans les réservoirs de Montbauron. C'est ce mélange qui est distribué à la ville et aux concessionnaires. Jusqu'au milieu de juillet, le titre oxymétrique de ce mélange est satisfaisant ; à la fin de juillet, il tombe brusquement au titre déplorable de $2^{cc},1$. Mais cet état est passager, en août le titre du mélange se relève à 5,8. Jusqu'en novembre, il reste cependant inférieur à ce qu'il était jusqu'en juillet, et souvent il n'est que celui des eaux de qualité inférieure.

Le parcours de l'eau distribuée de Montbauron à la fontaine de la place Hoche (est) fait ordinairement baisser le titre oxymétrique, mais dans une faible proportion, rarement d'un centimètre cube. En septembre et en octobre, l'effet est inverse, ce qui tient sans doute à la présence de quelques touffes d'algues améliorantes dans les tuyaux.

Les eaux de source, surveillées à la fontaine de la place Hoche (ouest), ont eu, en 1879, un titre oxymétrique supérieur à celui des eaux distribuées à l'autre fontaine (est). Mais d'une façon générale, cette différence n'a pas été importante; elle a rarement dépassé 1 centimètre cube. Il faut observer, comme pour les autres fontaines d'eaux de source de Versailles, que la source n'est pas sous la fontaine, captée plus ou moins loin, cette eau a été amenée là; par suite son titre oxymétrique est supérieur à 3 centimètres cubes, titre constant des eaux de source, dès qu'elles ont été exposées à l'air quelques instants. Notre tableau fait encore voir que les eaux de source et que les eaux d'étangs travaillent moins que les eaux de Seine; leur titre, plus stable, est sujet à des variations moins brusques.

La fontaine de la rampe de la chapelle du château, un des termes de la distribution des eaux, donne à peu près les mêmes titres oxymétriques que ceux de la fontaine de la place Hoche (est ou mélange), le plus souvent, avec un léger affaiblissement du titre ; ces deux fontaines ne sont pas, en effet, fort éloignées l'une de l'autre. Le faible écart entre l'entrée et la sortie des conduites témoigne de l'absence de tubercules ferrugineux dans les tuyaux ou d'agglomérations de *dreyssena polymorpha.*

Enfin, l'examen de la pièce d'eau des Suisses donne des résultats très variables en 1879. Ainsi, en juillet, sous l'influence d'une végétation microscopique intense, le titre oxymétrique s'élève à 11^{cc},6 ; et tout à coup, à la fin du mois, ce titre tombe à 1^{cc},3, parce que les algues améliorantes ont péri brusquement, pour être remplacées par une végétation mieux appropriée aux conditions du nouveau milieu. Notre tableau montre encore que les plus petits écarts oxymétriques correspondent avec l'abaissement de la température ; les eaux sont plus stables par le froid. Si à l'abaissement de la température correspond une pression barométrique élevée, en décembre par exemple, le titre oxymétrique monte très haut ; et, sous l'influence d'une gelée, si ce titre vient à baisser, c'est par la réduction des matières organiques dans les réservoirs couverts de glace, comme cela est arrivé dans les derniers jours de l'année. Nous reviendrons sur ce point intéressant.

III

Passons à l'étude de l'année 1880. — Le tableau qui suit donne les résultats de nos expériences :

Année 1880.

SERVICE INTÉRIEUR DE VERSAILLES.	7 janv.	18 janv.	1er fév.	15 fév.	1er mars.	14 mars.	27 mars.	11 avril.	25 avril.	9 mai.	23 mai.	6 juin.	28 juin.	11 juill.	25 juill.	8 août.	26 août.	8 sept.	13 oct.	26 nov.	8 déc.
Hauteur barométrique.	77	75,5	77	76	75,2	76,2	76,2	76,6	76	75,4	75,3	76,2	75,5	75,6	75,1	75,8	76	76,2	75,7	75,5	76,1
Température extérieure	−1°5	−1°	2°5	9°	9°	15°5	14°	9°	16°	13°5	12°5	12°5	25°	24°5	24°5	20°	20°5	21°	8°	12°	8°
Température de l'eau	+12°	+9°	11°5	14°	15°	14°	12°	12°	15°	13°	16°5	14°	20°5	18°5	21°	22°	22°	20°	14°5	11°	12°
Carré de Trappes.	8,8	10,8	10,8	9,6	7	10,2	8	4,8	7,4	8,2	6,2	6,2	7,3	4,8	5	6,6	3,8	3,2	5,6	5,2	4
Réservoirs de Gobert	11,6	9,8	10,5	10,8	8,8	10,8	9,2	8,1	8,6	9.6	9,2	8	8	6,8	9	6,4	7,2	6,8	4,2	9,4	8,2
Arrivée de Seine à Picardie. .	10,2	11	9,2	9	7,6	9	7,6	8,1	7,5	7,8	6,2	6,2	7,6	5,6	7,1	6,6	5,6	3,4	7,2	10,2	8,8
Compartiments des filtres. . .	9,6	»	9,9	9	8,4	9	8,2	7,9	6,8	8	6,6	6,2	8	6,4	7,1	6,2	4,8	1,4	5,8	»	»
Sortie des filtres	9,8	»	11,3	9,2	8,2	8,6	8,6	7,3	7,2	7,8	5,8	6,8	8	5,4	6,8	6	4,6	2,8	5,2	»	»
Réservoir de Picardie.	9	»	7,3	10,2	8,2	10	9,6	8,2	7,4	8,4	8	6,6	10	8	10,4	7,6	9,2	7,4	7	10,2	10,4
Arrivée de Seine à Montbauron.	9,2	11,2	9,8	9,6	8	9,4	9,4	8	7,4	8	5,6	6,2	7	4,8	6,7	6,2	8	5,4	4,6	11,4	9
Réserv. Montbauron (mélange).	10	10,2	9,2	8,8	8,2	9,2	8,8	7,9	8	8,6	7,4	6,6	8	5,6	5,4	5,4	4	1,3	5	9,8	7,5
Fontaine place Hoche id.	7,8	»	7,8	8	8,6	»	9,6	8,9	6,8	7.6	7	7	8	6,4	4,7	5,4	4,2	4,8	4,2	»	9,2
Fontaine place Hoche (source).	»	»	»	»	»	8	»	»	7,8	»	7,6	7	»	6,4	8,3	7,6	7,2	7,4	6,4	»	»
Fontaine rampe de la chapelle.	9	»	»	9,2	8	9,4	8,6	8,8	6,4	8,2	8,2	5	6,6	5.4	6,5	5	3,4	»	2,6	5	6,2
Pièce d'eau des Suisses	8,2	4,4	»	8,2	8,2	10	9,2	7,6	10,4	6,4	9	5,6	3,6	5	11,2	2,8	6	5,6	6,6	»	8
Canal.	»	2,1	3,2	»	»	»	»	9,8	9,6	12,6	8,2	10,2	10	8	6,6	5,4	8,6	4,6	12	»	5,6

Considéré dans son ensemble, ce relevé de 1880 confirme les résultats constatés en 1879.

Ainsi, aux réservoirs de Gobert, mélange des eaux d'étangs, l'eau est de bonne qualité jusqu'en juillet; depuis cette époque jusqu'en novembre, l'eau y est moins bonne, mais elle donne cependant un titre oxymétrique suffisant. C'est en octobre que ce titre est exceptionnellement bas, à $4^{cc},2$ après la récolte des joncs et au moment de la chute des feuilles.

L'arrivée d'eau de Seine à Picardie donne des résultats satisfaisants jusqu'en juin, quoique le titre oxymétrique commence à fléchir en mai. En juillet, on ne trouve plus que $5^{cc},6$ et en septembre on tombe à $3^{cc},4$. Mais à partir d'octobre, le titre se relève pour atteindre les chiffres d'hiver.

Ce qui s'est passé dans les compartiments de l'appareil de filtrage de Picardie et à la sortie des filtres conduit aux mêmes remarques en 1880 qu'en 1879. En général, les filtres ont une action d'abord altérante au point de vue oxymétrique, mais définitivement améliorante; ils sont plus utiles en amont qu'en aval des réservoirs; leur infection abaisse d'une façon très notable le titre oxymétrique de l'eau qui les traverse, d'où la nécessité de les surveiller de très près et de procéder à de fréquents nettoyages.

L'influence du réservoir de Picardie est toujours améliorante en 1880; l'eau y est toujours de bonne qualité. C'est en juin que le titre est le plus bas, à $6^{cc},6$.

L'arrivée de l'eau de Seine à Montbauron, venant du réservoir de Picardie, donne des chiffres élevés jusqu'à la fin de mai; mais, à partir de cette époque jusqu'en octobre, l'abaissement est trop sensible pour ne pas faire croire à la présence, dans le siphon et les tuyaux, d'algues ou de mollusques qui altèrent la qualité de l'eau.

Le mélange des eaux de Seine et d'étangs, à Montbauron, qui est distribué à la ville, est satisfaisant jusqu'en juillet; à ce moment son titre oxymétrique n'est plus que de $5^{cc},6$; il tombe à 4 centimètres cubes à la fin d'août et à $1^{cc},3$ en septembre. Il est vrai que ce titre se relève à 5 centimètres cubes en octobre, et que dès novembre on obtient le chiffre des eaux d'hiver.

Les analyses sur les eaux de fontaines confirment, en 1880, les remarques faites en 1879. L'influence de la distribution ne fait généralement pas varier le titre de plus de 1 centimètre cube; les écarts exceptionnels qu'on peut remarquer tiennent sans doute à l'influence de végétaux ou de mollusques existant accidentellement dans les tuyaux de distribution. Le titre oxymétrique de l'eau de source est moins variable que celui des eaux mélangées à Montbauron; nous pouvons ajouter que les fontaines à écoulement continu sont toujours préférables aux fontaines à écoulement intermittent, ce que nous avons constaté en comparant l'eau donnée par la fontaine publique de la place Hoche (est), avec l'eau de concession fournie par les fontaines intérieures de plusieurs maisons voisines; les réservoirs et les conduites des distributions particulières contribuent à abaisser le titre oxymétrique de l'eau.

Nous parlerons plus loin de l'eau de la pièce d'eau des Suisses en 1880.

A cette comparaison entre l'année 1879 et l'année 1880, on peut, en considérant seulement le tableau de 1880, ajouter les remarques suivantes :

Au commencement de janvier, dans le réservoir de

Picardie, le titre oxymétrique est inférieur à celui de l'arrivée de l'eau de Seine par l'aqueduc, et à celui de son passage à travers les filtres; c'est l'inverse qui est observé ordinairement. Ce fait doit être attribué à l'influence des glaces du grand hiver de 1880. Dans le milieu du mois, sous la persistance du froid, le titre oxymétrique se relève de 1 centimètre cube à 2 centimètres cubes, dans toute la série. Des phénomènes de réduction ont lieu sous la couche de glace; aussi le titre oxymétrique de la pièce d'eau des Suisses et celui du Canal ont-ils baissé.

Au commencement de février, on constate un abaissement du titre oxymétrique dans le réservoir de Picardie, qui est gelé; abaissement qui se maintient dans la distribution. L'eau du Canal, aérée par 52 trous de $0^{m},60$ de diamètre, baisse malgré cela de 1 centimètre cube au milieu du mois; les réservoirs de la ville sont encore couverts de glace, laquelle diminue rapidement, l'eau s'améliore; mais la présence de la glace maintient les diverses espèces d'eau dans des chiffres qui ne varient pas entre eux de plus de 2 centimètres cubes. Les eaux des réservoirs de Gobert marquent le plus haut titre, 10,8; dans le réservoir de Picardie où il avait baissé, le titre monte de 3 centimètres cubes. La pièce d'eau des Suisses, quoique encore couverte de glace, s'améliore, son titre se relève sensiblement. Il y a un commencement de travail des eaux.

Au commencement de mars, ce travail ne s'accentue pas, car il y a un abaissement du titre oxymétrique, sur toute la série, de 1 centimètre cube à 2 centimètres cubes. Toutes les eaux distribuées sont encore de bonne qualité. Depuis quinze jours, la pièce d'eau des Suisses n'a pas bougé. Au milieu du mois, sous l'influence de la végétation naissante, les eaux des diverses provenances atteignent toutes des titres élevés, surtout dans les réservoirs; ce qui montre bien cette influence de la végétation, c'est l'eau de la pièce d'eau des Suisses, qui donne 10 centimètres cubes. A la fin du mois, l'arrivée des eaux d'étangs et des eaux de Seine à Versailles fléchit de 1 centimètre cube à 2 centimètres cubes; l'amélioration dans les réservoirs ne compense pas cet abaissement; aussi toutes les eaux distribuées ont perdu sur le titre du milieu du mois; mais les eaux sont encore toutes de bonne qualité.

Au commencement d'avril, le titre du carré de Trappes baisse brusquement de plus de moitié, parce que l'aqueduc reçoit dans son parcours des eaux *folles*, c'est-à-dire des eaux de surface arrivant directement par des émissaires dans l'aqueduc; les autres espèces d'eaux sont loin de varier dans la même proportion. L'eau de Seine fléchit de 1 centimètre cube environ. Les eaux distribuées sont toujours de bonne qualité. Nettoyés dernièrement, les filtres de Picardie abaissent le titre oxymétrique, qui se relève rapidement dans le réservoir de Picardie. Dans la seconde quinzaine, l'influence de l'eau de Seine fait baisser d'environ 1 centimètre cube le titre oxymétrique des eaux distribués en ville. Dans le réservoir de Picardie, la végétation semble avoir de la peine à prendre le dessus, l'eau y perd près de 1 centimètre cube; tandis que dans la pièce d'eau des Suisses la progression ascendante se manifeste sous l'influence de la végétation. L'augmentation de la longueur des jours peut contribuer à l'élévation du titre oxymétrique, par son action sur les algues.

Dans le commencement de mai, la température baisse et il n'y a pas de dépression barométrique, aussi on peut noter un demi à 1 centimètre cube d'élévation sur toute la série des eaux. Puis, à mesure que le printemps s'avance, le titre oxymétrique des eaux baisse. Dans la seconde quinzaine de mai, il fléchit de 2 centimètres cubes à l'arrivée des eaux d'étangs et de 1 centimètre cube à l'arrivée des eaux de Seine. Dans les réservoirs de Gobert et de Picardie, sous l'influence de la végétation verte, ce titre se relève brusquement; il en est de même dans la pièce d'eau des Suisses où on trouve le zygogonium, et dans le Canal où existent des oscillaires.

En juin, à cause de l'infection de la Seine par l'usine de Nanterre, le service de Marly est suspendu, et l'alimentation de Versailles se fait avec la réserve des bassins des Deux-Portes. Au commencement du mois, dans les réservoirs de Picardie et de Gobert, l'amélioration de l'eau ne se continue pas; il y a une baisse d'au moins 1 centimètre cube. Dans la pièce d'eau des Suisses, le zygogonium disparaît, et le titre oxymétrique baisse de $3^{cc},4$; tandis que dans le Canal, sous l'influence d'une végétation microscopique intense, il y a 2 centimètres cubes d'amélioration. A la fin de juin, le réservoir de Gobert n'a pas bougé; mais celui de Picardie s'est relevé de $3^{cc},2$. Dans la pièce d'eau des Suisses, il se passe des phénomènes de réduction, car en trois semaines l'eau perd encore 2 centimètres cubes. A Marly, l'eau est toujours détestable, et la machine est toujours arrêtée. Malgré tout, l'eau distribuée en ville est de bonne qualité.

Au commencement de juillet, baisse générale : les eaux d'étangs perdent en quinze jours $2^{cc},5$, au carré de Trappes, et $1^{cc},2$ dans les réservoirs de Gobert. Dans la réserve des bassins des Deux-Portes, le titre oxymétrique baisse de 2 centimètres cubes en quinze jours ; mais dans le réservoir de Picardie, l'eau gagne 2 centimètres cubes sur son titre à l'arrivée par l'aqueduc. Aussi, malgré toutes ces conditions fâcheuses, l'eau distribuée en ville a encore $6^{cc},4$, et à l'extrémité de la distribution, $5^{cc},4$, c'est-à-dire qu'elle est de qualité suffisante. Pendant ce temps, l'eau de la pièce d'eau des Suisses s'est un peu relevée, et celle du Canal a fléchi. Au milieu du mois, les étangs n'ont pas bougé ; mais dans les réservoirs de Gobert, leurs eaux se sont améliorées de 2 centimètres cubes en quinze jours ; le service y est fait surtout par les eaux de Saclay. Dans les réservoirs des Deux-Portes, la végétation est tellement améliorante que, dans le réservoir moyen, l'eau titre 14 centimètres cubes ; c'est une véritable fabrique d'oxygène. Arrivée à Picardie, cette eau marque seulement $7^{cc},1$; et dans le réservoir de Picardie, sous l'influence de la végétation, son titre monte à $10^{cc},4$. L'eau distribuée en ville est seulement de qualité suffisante, parce qu'il faut de la constance dans le titre oxymétrique, et que, sous l'influence de la végétation, ce titre est soumis à de trop brusques variations pour qu'il soit stable. Dans la pièce d'eau des Suisses, la végétation a repris le dessus, mais elle a diminué dans le Canal; c'est l'inverse de ce qui existait pendant les mois précédents. A la fin de juillet, la végétation est très intense dans les réservoirs; son influence est des plus remarquables, mais elle fléchit rapidement par le fait de la distribution.

En août, les eaux de Trappes commencent par monter de $1^{cc},6$, pour baisser ensuite de $2^{cc},8$. Dans les réservoirs de Gobert, la végétation est moins améliorante ; le titre oxymétrique reste cependant satisfaisant. Le même fait se passe dans le réservoir de Picardie. Malheureusement, le mélange d'eaux de titres différents est toujours défavorable ; aussi, l'eau distribuée en ville ne titre que $5^{cc},4$ et même 4 centimètres cubes ; 5 centimètres cubes, et seulement $3^{cc},4$ à la fontaine de la rampe de la chapelle. La pièce d'eau des Suisses ne végète plus ; aussi, l'eau y marque-t-elle $2^{cc},8$; mais elle se relève à la fin du mois à 6 centimètres cubes.

En septembre, les eaux d'étangs ne se modifient pas et restent de qualité inférieure ; elles continuent à s'améliorer dans les bassins de Gobert ; même remarque pour les eaux de Seine, dont le titre se relève dans le réservoir de Picardie. L'eau distribuée à Montbauron atteint le chiffre le plus bas, $1^{cc},3$. La pièce d'eau des Suisses ne bouge guère ; l'influence de la végétation, au Canal, a diminué de moitié.

En octobre, l'abaissement de la température améliore les eaux d'étangs ; mais à Gobert, l'influence améliorante de la végétation n'est plus sensible. La distribution à Montbauron est heureusement remontée à 5 centimètres cubes ; l'eau mélangée de la place Hoche est à $4^{cc},2$, et la fontaine de la rampe de la chapelle à $2^{cc},6$. La pièce d'eau des Suisses s'est relevée d'un centimètre cube, et le Canal, sous l'influence des oscillaires, est monté à 12 centimètres cubes, chiffre qu'il avait déjà atteint au commencement de mai.

En novembre, les titres des eaux d'hiver reparaissent et se rapprochent de ceux obtenus en janvier. Si, au carré de Trappes, le titre oxymétrique est inférieur, il se relève rapidement dans les bassins de Gobert. Les eaux de Seine dépassent 10 centimètres cubes ; aussi, l'eau distribuée à Montbauron titre 9 centimètres cubes, et son titre est de 5 centimètres cubes à l'extrémité de la distribution.

En décembre, la cessation de la végétation fait constater une diminution d'un centimètre cube à 2 centimètres cubes, mais les eaux de toute la série conservent un titre oxymétrique très satisfaisant. L'eau de la pièce d'eau des Suisses donne 8 centimètres cubes, tandis que le Canal marque seulement $5^{cc},6$.

En résumé :

Les eaux d'étangs, observées en 1880 dans les réservoirs de Gobert, où elles sont mélangées, ont été de bonne qualité, eu égard à leur titre oxymétrique. Jusqu'en juillet, ce titre a toujours été supérieur à $7^{cc},50$, qui est celui des eaux potables de bonne qualité. A partir de cette époque, ce titre a fléchi jusqu'en novembre et est resté au-dessous de $7^{cc},50$, excepté à la fin de juillet, sans cependant perdre plus d'un centimètre cube, excepté en octobre. En novembre et décembre, les eaux ont donné un titre oxymétrique élevé, comme dans le premier semestre.

Les eaux de Seine, observées à leur arrivée à Versailles, en 1880, ont donné jusqu'à la fin de mai un titre oxymétrique supérieur à $7^{cc},50$; mais, à partir de cette époque, ce titre a fléchi de 1 à 2 centimètres cubes. C'est en septembre que ce titre a été le plus bas. Dans le dernier trimestre, il s'est relevé pour dépasser le titre moyen des bonnes eaux potables. Le réservoir de Picardie a relevé le titre oxymétrique des eaux de Seine au printemps, en été et en automne, souvent d'une façon très remarquable.

Les eaux mélangées de Seine et d'étangs, distribuées à la ville, ont toujours eu un titre supérieur à 7^{cc},50 jusqu'en mai. A partir de cette époque, elles ont fléchi, excepté à la fin de juin. Depuis juillet jusqu'à la fin d'octobre, elles n'ont pas dépassé 5^{cc},5, pour tomber en août à 4 centimètres cubes, et en septembre à 1^{cc},3. Elles se sont rapidement relevées en octobre, pour retrouver en fin d'année les titres d'eau de bonne qualité.

L'eau de source, observée à la fontaine de la place Hoche, a toujours donné un titre oxymétrique peu variable, indiquant une eau de bonne qualité ; c'est en juillet et en octobre que ce titre a laissé un peu à désirer.

IV

Pour étudier la qualité des eaux de Versailles, de manière à en tirer quelque profit, il ne suffit pas de s'occuper des phénomènes qui se passent dans les diverses parties du service intérieur de la ville, il faut encore voir ce qu'elles deviennent dans les étangs ; puis à Marly, depuis la machine jusqu'à l'arrivée de l'eau de Seine à Picardie ; il faut surveiller les eaux des sources qui nous environnent.

Cette étude est tellement complexe et délicate, que l'amoindrir pour la simplifier ne conduirait pas à des résultats utiles. Ainsi se borner à constater ce qui arrive à Montbauron, après le mélange des eaux de Seine et d'étangs, et dans quelques fontaines de la ville, peut intéresser les habitants, mais ne saurait suffire pour arriver à bien déterminer la qualité des eaux de Versailles.

Aussi nous avons cherché, à plusieurs reprises, le titre oxymétrique des eaux des étangs qui nous avoisinent le plus : De l'étang de Trappes ou de Saint-Quentin, qui reçoit les eaux des étangs nombreux de tout l'étage supérieur, pour le comparer à celui des étangs de Saclay et de Trou-Salé qui reçoivent les étangs et rigoles de l'étage inférieur des étangs.

Nous avons obtenu les résultats suivants, en 1879 :

	25 mai. T = 16°	8 juin. T = 19°	20 juin. T = 20°
Etang de Trappes	7,6	6,2	7,7
Etang de Saclay.	8,6	8	8,7
Etang de Trou-Salé . . .	9,6	5,8	7,7

Déjà nous avons eu l'occasion de faire remarquer que l'étang de Trappes travaillait moins que les étangs de l'étage inférieur, parce qu'étant plus profond, la couche d'eau s'y échauffe moins facilement. Les étangs de Saclay et de Trou-Salé ont plus de plage, aussi l'influence de la végétation y est-elle plus sensible. Le titre oxymétrique de l'eau de tous ces étangs est généralement satisfaisant, mais il est variable comme celui de toutes les eaux où la végétation est forte.

C'est surtout en 1880 que nous nous sommes occupés de la Seine à Marly, et dans son parcours de Marly à Versailles; mais déjà en 1879 nous avions constaté :

Eau de Seine :	25 mai. T = 16°	8 juin. T = 19°
En amont de la machine	6,8	4,4
200 mètres en aval.	»	5
Réservoir moyen des Deux-Portes. .	9,2	8,9
Regard du Jongleur, aux Modules . .	7,6	7,7

ce qui nous avait démontré l'influence heureuse des réservoirs des Deux-Portes, situés à 300 mètres environ de l'aqueduc de Louveciennes.

Par la machine de Marly, l'eau est montée d'un seul jet, de la Seine à un champignon de distribution desservant les trois réservoirs des Deux-Portes, grand, moyen et petit. Puis de ces réservoirs, en passant sous la route de Saint-Germain, l'eau arrive au regard du Jongleur, point de départ du grand aqueduc, de 6 kilomètres de long, dans lequel elle coule souterrainement pour arriver à la butte de Picardie, où elle trouve les filtres et les bassins de Picardie. Le service de l'eau de Seine à Montbauron peut se faire, directement des filtres ou du réservoir de Picardie, par une double conduite en siphon, selon les besoins du service.

En 1880, nous avons repris cette étude.

Et d'abord, il nous a paru intéressant de commencer par comparer le titre oxymétrique de la Seine et de l'Oise, à Conflans-Sainte-Honorine, au-dessus du confluent, en puisant l'eau au-dessous des deux ponts du chemin de fer qui traversent chacune des deux rivières.

Le 14 mars, H = 76,2 ; tempér. ext. 15°5 ; tempér. de l'eau = 14°

Eau de Seine	$4^{cc},2$
Eau de l'Oise	9^{cc}

résultat intéressant, parce qu'il détermine à Conflans l'infection de la Seine et la bonne qualité de l'eau de l'Oise.

Quant à l'état de la Seine à Marly, nous l'avons toujours trouvé déplorable.

Ainsi en amont de la machine, nous avons constaté les chiffres suivants en 1880 :

Le 27 mars.	5,2
Le 6 juin	2
Le 28 juin.	1,6
Le 25 juillet.	0,9
Le 8 août	1,2
Le 12 août.	1,2
Le 19 août.	1,5
Le 15 août.	2
Le 18 août.	0,6
Le 26 août.	1,2

En présence de tels résultats, nous avions grand intérêt à savoir ce que cette eau de la Seine, ainsi infectée, pouvait devenir dans son parcours de Marly à Versailles et comment il pouvait se faire que nous constations à Versailles des résultats relativement satisfaisants.

Voici sur ce point, l'un des plus curieux de cette étude, ce que nous pouvons mentionner.

Pendant toute l'infection de la Seine, depuis le mois de juin 1880, le travail de la machine de Marly avait été interrompu ; Versailles était alimenté avec la réserve des trois bassins des Deux-Portes ; mais le 9 août, malgré le mauvais état de la Seine, on dut penser à reprendre de nouveau le service de la machine, à cause de la baisse des étangs et de la rupture d'une conduite de l'avenue de Paris qui avait causé une perte de 22,000 mètres cubes environ.

Trois jours après, le 12 août, on puise dans la Seine et on constate les résultats suivants, auxquels nous joignons ceux obtenus le 15 août et le 18 août, pendant lesquels on observe avec une véritable anxiété ce qui va se passer :

	12 août. H = 76,5 T. ext. = 25,5 T. de l'eau = 21	15 août. H = 76 T. ext. = 26° T. de l'eau = 21	18 août. H = 76,2 T. ext. = 27° T. de l'eau = 21
Seine en amont de la machine	1,2	2	0,6
Réservoir d'arrivée des Deux-Portes. .	6,4	7,6	9,4
Réservoir moyen . .	7,2	6,6	6,8
Réservoir de distribution	8,8	7,8	9,2
Arrivée à Picardie. .	6,6	6,4	5,6
Réservoir de Picardie.	8,2	7	5,8
Montbauron (mélange).	7,2	6,2	8,4
Fontaine de la chapelle.	5,2	2,8	2,8

Ainsi, l'eau de Seine est détestable à Marly; mais à peine arrivée dans les réservoirs des Deux-Portes, sous l'influence de l'air, de la lumière, de la végétation surtout, elle s'améliore si rapidement qu'elle prend le titre des eaux de bonne qualité. Il est vrai que ce titre ne saurait être considéré comme stable; mais enfin, cette eau infecte est améliorée à un point tel, qu'à son arrivée à Versailles, après avoir traversé sous terre le long aqueduc de Picardie qui est bien ventilé, elle conserve le titre oxymétrique des eaux potables. Elle s'améliore de nouveau dans le réservoir de Picardie, toujours sous l'influence de la végétation et de la lumière. Le mélange de Montbauron donne un titre satisfaisant, qui fléchit rapidement dans les conduites de distribution de la ville au point de donner, à l'extrémité de la distribution, un titre certainement insuffisant, mais qui dépasse cependant les prévisions, et qui, hâtons-nous de le dire, n'a pas eu d'influence sur la santé publique.

Nous devons ajouter que l'eau puisée à Marly et déversée dans les réservoirs des Deux-Portes a été montée avec ménagement, c'est-à-dire par quantités modérées, afin d'éviter l'infection des bassins des Deux-Portes qui aurait pu tuer la végétation. Ainsi on a pu utiliser l'eau infecte de la Seine, dans un moment critique où le service de distribution pouvait être suspendu, au grand détriment de Versailles.

Ce fait rapproché de ce que nous avons précédemment signalé sur l'action des réservoirs démontre leur utilité, comme il prouve la nécessité de les laisser exposés à l'action de l'air, de la lumière et de la végétation; par conséquent, il ne faut pas songer à les couvrir, comme on l'a proposé quelquefois. Les eaux de qualité vraiment supérieure, comme celles de la Dhuys et de la Vanne, à Paris, qui titrent 8 à 10 centimètres cubes d'une façon constante, doivent être conservées dans des bassins autant que possible à l'abri des influences extérieures; mais les eaux de qualité inférieure doivent être emmagasinées dans des réservoirs à ciel ouvert, afin qu'elles s'y améliorent. On peut ajouter encore, qu'il y a intérêt à ventiler et à aérer les aqueducs; et nul doute que des canalisations à ciel ouvert conviennent mieux que des tuyaux pour l'assainissement des eaux médiocres qui y coulent.

Une autre remarque que nous croyons utile de faire, c'est que le titre oxymétrique n'est pas le même dans toute la masse d'eau d'un réservoir, quand cette eau vient à s'y améliorer brusquement sous l'influence de la végétation; ce qui explique pourquoi le titre oxymétrique qu'on constate n'est pas stable et se trouve sujet à des variations, au premier abord singulières. Nous avons, en effet, titré les eaux de surface où la végétation était abondante, et de fond où elle était presque nulle, dans les réservoirs des Deux-Portes, et nous avons constaté les faits suivants :

Le 26 août 1880 : H = 76,2; temp. ext. : 20°,5; temp. de l'eau : 22°.

	Surface.	Fond.
Seine en amont de la machine . . .	1,2	0,2
Seine en aval de la machine	3,4	3,6
Petit réservoir des Deux-Portes. . .	8,4	4,6
Moyen réservoir id. . . .	10,4	3,2
Grand réservoir id. . . .	11,6	5,4

Passons aux eaux de sources consommées à Versailles ou qui existent dans nos environs.

Disons d'abord que l'observation donne toujours un titre nul pour les eaux souterraines, puis le titre constant de 3 centimètres cubes pour l'eau au moment où elle vient à sourdre de terre. Cette eau paraît avide d'oxygène, car son titre s'élève toujours par l'aération, jusqu'à ce qu'elle arrive au titre également constant de 7^{cc},50.

A ce sujet, on peut rapprocher les eaux de source des eaux filtrées ; nous l'avons déjà indiqué.

Pour confirmer ce fait, nous pouvons citer les analyses suivantes : En 1879, nous recueillons à l'hôpital civil de l'eau au moment de son arrivée, et de l'eau filtrée deux fois, et nous trouvons à l'analyse oxymétrique :

	6 juillet. T = 17°,5	20 juillet. T = 19°
Eau non filtrée	7,6	3,4
Eau filtrée deux fois. . . .	4,4	0,7

Revenons aux eaux de source comparées à quelques autres eaux du service intérieur de la ville.

En 1879, le 8 juin H = 74, T = 19°.

Fontaine de la place Hoche (mélange). . .	6,4
Fontaine de la place Hoche (source) . . .	6,2
Fontaine de la rue de Beauveau	4,8
Fontaine de la rue de l'Ermitage.	3,4
Source ferrugineuse de Trianon.	3
Source ferrugineuse de Porchefontaine . .	5,2
Pièce d'eau des Suisses	14,6
Canal.	6,4
Eau de Seine de Choisy (gare des Matelots).	8,2

Les remarques faites plus haut sur les fontaines de la place Hoche se vérifient dans ce tableau. L'eau de la fontaine de la rue de Beauvau vient des Fonds-Maréchaux qui sont peu éloignés; son titre oxymétrique est plus élevé que 3 centimètres cubes. L'eau de la fontaine de la rue de l'Ermitage est notablement séléniteuse; son titre est de 3cc,4; et comme celui de la fontaine ferrugineuse de Trianon de 3 centimètres cubes. Mais la source ferrugineuse de Porchefontaine est supérieure à 4 centimètres cubes, sans doute parce que l'eau, dans le fossé, y est depuis quelque temps exposée à l'air. A cette époque, la pièce d'eau des Suisses est remplie de zygogonium; aussi, son titre oxymétrique est très élevé; dans le Canal, les oscillaires font moins sentir leur influence. Notons, en passant, le titre oxymétrique de l'eau de Seine venant de Choisy à la fontaine de la gare des Matelots.

Parlons une dernière fois de la pièce d'eau des Suisses, pour préciser ce qui s'y est passé en juillet 1879, au moment où le titre oxymétrique y a varié dans une proportion tout à fait surprenante. Voici d'abord le résultat de nos analyses :

7

Pièce d'eau des Suisses :	6 juillet. T = 17°,5	20 juillet. T = 19°
Surface	11,6	1,4
A 0m,60 de profondeur	10,4	1,9
A 1m,50 sur les vases.	11,6.	1,3

Au commencement du mois, on voit l'influence remarquable d'une algue microscopique qui y existe : c'est le zygogonium, tel que le décrit Rabenhorst. Nous pouvons étudier toutes ses phases et nous rendre compte de ses organes prolifères ; il semble plus abondant au fond et à la surface de la pièce d'eau que dans la couche moyenne. Mais bientôt, sous l'influence de cette véritable fabrique d'oxygène, car l'eau semble en ébullition, la qualité de l'eau se modifie ; le milieu changeant, le végétal qui y avait pris naissance disparaît. Aussi à la fin de juillet, le titre oxymétrique tombe brusquement, mais il ne tardera pas à se relever. En décembre, nous avons observé dans la pièce d'eau des Suisses :

Le 14 décembre,	T = —5°,5	8cc
Le 28 —	T = —0,5	1cc,6

Au commencement du mois, c'est le titre élevé des eaux d'hiver ; mais la glace ne tarde pas à se former, elle a bientôt 0m,40 d'épaisseur, et la réduction des matières organiques en décomposition se fait sous ce couvert, d'où l'abaissement si brusque du titre oxymétrique.

Nous rapportons ces expériences, qui confirment des faits déjà signalés.

Terminons par deux séries d'expériences qui ne sont pas sans intérêt.

Nous avons voulu savoir de combien pouvait baisser

le titre oxymétrique des eaux des diverses provenances de Versailles, lorsqu'on les conserve un certain temps dans des flacons bouchés. Pour la première série d'analyses, les eaux ont été conservées quatorze jours dans notre laboratoire : pour la seconde série, quinze jours en cave, c'est-à-dire à l'abri de la lumière.

Voici les résultats obtenus :

1879 :	30 mars	14 avril	Différence	11 août	26 août	Différ.
Carré de Trappes	8,8	4	4,8	4,8	2	2.8
Carré de Saclay	9.4	5,8	3.6	»	»	»
Réservoirs de Gobert	10,8	6	4,8	6	3,4	2,6
Arrivée de Seine à Picardie. .	11	6,2	4,8	6,3	2.8	3,5
Compartiments des filtres. . .	»	6,9	»	6,6	3	3.6
Sortie des filtres	10	7	3	7	2,6	4,4
Réservoir de Picardie.	9,6	8,4	1,2	9	2,6	6,4
Arrivée de Seine à Montbauron	10,6	6,2	4,4	7	2,7	4,3
Réserv. Montbauron (mélange)	9,4	6,8	2,6	5,8	1,5	4,3
Fontaine place Hoche (mélange)	9,4	8	1,4	5,3	2.5	2,8
Fontaine place Hoche (source).	10.4	5,8	4,6	6,6	4,6	2
Fontaine rampe de la chapelle.	»	»	»	5,2	3,9	1,3

Au bout de la quinzaine, chaque flacon conservé contient environ un demi-centimètre cube de gaz sous le bouchon ; les eaux d'étangs sont plus troubles que les eaux de Seine et que les eaux mélangées qui sont restées claires; l'eau du réservoir de Picardie, ainsi que celle de la fontaine de la place Hoche sont limpides. Quant à la différence entre les titres oxymétriques, elle est, en général, plus grande pour les échantillons conservés à la lumière, que pour ceux conservés à la cave. L'abaissement notable de l'eau de Picardie par la conservation, comme celui du mélange de Montbauron dans la seconde série d'expériences, lequel n'existe pas dans la première série, indique un fait passager, tenant à la réduction de quelques matières organiques. En somme, la différence est sensible et prouve la mobilité des eaux de Versailles en démontrant que par la conservation en vase clos elles perdent toujours.

Le dernier point que nous avons examiné est le suivant : en 1878, pendant l'Exposition universelle, au palais du Trocadéro, l'un de nous avait constaté que l'eau puisée dans la Seine perd une certaine quantité d'oxygène en montant dans le réservoir supérieur, mais qu'elle s'améliore en redescendant en cascades, en jets et en nappes; que son titre oxymétrique en fin de compte est sensiblement le même, au moment où elle est puisée dans la Seine, et au moment où elle lui est rendue; qu'ainsi elle gagne seulement en descendant, ce qu'elle a perdu en montant. Ces faits sont consignés dans le rapport officiel de la 84e classe de l'Exposition. A Versailles, il était intéressant d'étudier l'influence de la division de l'eau et des jets sur son oxydation.

Le 11 mai 1879 ($H = 76,2$ $T = 12^{o}$), nous analysons d'abord l'eau qui a passé tout l'hiver dans les tuyaux du parc. Cette eau, recueillie à l'ouverture des chéneaux du bassin de Neptune, contient un dépôt verdâtre et titre 1^{cc},4.

Puis nous examinons l'eau du bassin de Latone avant l'ouverture du jeu hydraulique, elle renferme des algues vertes dues à l'insolation et titre 8 centimètres cubes; après le jeu des eaux, l'eau de ce bassin est claire et titre 7.6, elle est venue du bassin de Montbauron où son titre est à 7,2; ce qui donne seulement une différence de 0,4 entre le point de départ et le point d'arrivée; ce qui permet de conclure que le battage élève moins le titre oxymétrique que la végétation.

Nous répétons cette expérience avec l'eau du bassin

de la Salle-de-Bal et l'eau de la Colonnade pendant le jeu des eaux, et nous constatons :

La salle de Bal	6,8
La Colonnade.	6

c'est-à-dire que l'eau partant du bassin de la Salle-de-Bal perd 0,8 pendant son parcours souterrain pour se rendre à la Colonnade, et que les lances de cette pièce d'eau ne lui font pas rattraper le titre oxymétrique du point de départ.

Enfin, nous faisons une troisième fois la même recherche, sur un autre point. Nous recueillons de l'eau dans le bassin de la Pyramide avant l'ouverture du jeu des eaux, cette eau titre 7 centimètres cubes; les eaux jouent, et à la fin, dans le bassin de la Nappe d'eau alimenté par le trop-plein de la Pyramide, nous trouvons 8 centimètres cubes. Cette eau est partie de Montbauron où elle titrait 7,2; elle n'a pas gagné pendant son parcours souterrain, elle est passée par le jeu hydraulique de la Pyramide, et est retombée dans le bassin de la Nappe où nous la trouvons avec 1 centimètre cube de bénéfice, lequel ne peut être attribué qu'à l'extrême division, à l'aération et au battage de l'eau; influences dont il ne faut pas exagérer l'importance d'après les deux expériences qui précèdent.

En résumé, la végétation est le grand modificateur des eaux, le battage pour les améliorer est une faible ressource. .

TABLE DES MATIÈRES

Les Eaux de Versailles

HISTOIRE, DISTRIBUTION ET CONSOMMATION EN 1880.

Pages.

Introduction 1
I. Création des Eaux de Versailles 4
II. Modification et transformation des divers systèmes hydrauliques 14
III. La machine de Marly 21
IV. Le domaine des étangs et rigoles 29
V. Les eaux de sources 42
VI. Les eaux du Parc 55
VII. Distribution et consommation des eaux à Versailles. 62

La qualité des Eaux de Versailles

EN 1879 ET 1880.

I. La méthode oxymétrique appliquée aux eaux de Versailles 71
II. L'année 1879 75
III. L'année 1880 80
IV. Analyses et observations diverses 90

Versailles. — Imp. E. AUBERT.